나는 왜 나에게 까다로운가

나는 왜 나에게 까다로운가

1판 1쇄 발행 2026년 4월 13일

저자 장기표

편집 유주은　**마케팅·지원** 조아라

펴낸곳 (주)하움출판사　**펴낸이** 문현광

이메일 haum1000@naver.com　**홈페이지** haum.kr
블로그 blog.naver.com/haum1000　**인스타그램** @haum1007

ISBN 979-11-7374-358-0(03810)

나는 왜 나에게
까다로운가 _____

장기표 지음

우리는 왜 생각하면서도

같은 선택을 할까

우리는 흔히 자신을 생각하는 존재라고 부른다. 감정에 휘둘리는 동물과는 다르고, 본능만 따르는 생명체와도 다르다고 믿는다. 우리는 고민하고, 계산하고, 후회하며, 그 모든 과정을 '생각했다'는 말로 정리한다.

그런데 이상하지 않은가. 생각을 그렇게 많이 하면서도, 우리는 왜 늘 비슷한 선택을 반복할까.

다짐은 늘 새롭다. 이번에는 다를 거라고 말한다. 이번에는 참지 않겠다고, 이번에는 나를 선택하겠다고. 하지만 시간이 조금만 지나면 우리는 다시 같은 자리에서 같은 표정을 짓고 있다.

우리는 정말로 생각한다. 문제는 우리가 생각하지 않는 것이 아니라, 생각하는 방식이 이미 결정되어 있다는 것이다.

우리가 믿는 생각은 종종 자유롭지 않다. 그 생각은 우리가 태어나기 전부터 존재했고, 자라면서 수없이 반복해서 주입되었으며, 경험이라는 이름으로 굳어졌다.

우리는 선택한다고 느끼지만, 실제로는 허용된 범위 안에서만 움직인다.

이 책은 답을 주려 하지 않는다. 대신 질문을 남기려 한다.

지금 이 선택은 정말 생각의 결과인가. 아니면 생각해온 척해온 습관의 결과인가.

| 목차 |

1부.　선택과 후회, 그리고 우리가 만든 삶

2부.　다시 나에게 돌아오는 법

3부.   삶을 다시 설계하는 작은 기술들

4부.   잘 버티는 사람이 아니라, 잘 살아내는 사람

1장

나는 내가 선택한 사람인가

우리는 가끔 이렇게 말한다. "이게 나야." 그 말은 담담하면서도 단정하다. 설명하지 않아도 되는 결론처럼 느껴진다.

하지만 그 문장은 많은 질문을 멈추게 한다. 정말로 우리는 우리가 선택한 사람일까.

'나'라는 말 안에는 많은 것들이 들어 있다. 성격, 취향, 가치관, 말투, 관계 맺는 방식, 반복되는 선택들.

우리는 그것을 하나로 묶어 자연스럽게 나라고 부른다. 하지만 그중에서 우리가 의식적으로 선택한 것은 얼마나 될까.

우리는 태어날 장소를 고르지 않았고, 자라온 환경도 선택하지 않았다. 칭찬받은 방식과 상처를 피하는 법을 배운 순간들 역시 우리의 선택은 아니었다.

그 모든 것이 쌓여 어느 순간부터 "나는 이런 사람이야"라는 말이 되었다.

사람은 자신이 스스로를 만들어왔다고 믿고 싶어 한다. 그래야 삶이 조금 은 공정하게 느껴지기 때문이다.

하지만 우리는 종종 선택의 순간보다 선택을 설명하는 데 더 익숙하다.

이미 결정을 해놓고 그 결정이 나답게 보이도록 이유를 덧붙인다.

자유롭게 선택한다고 느끼지만 사실 선택지는 늘 비슷하다. 덜 아픈 쪽, 이미 알고 있는 쪽, 후회가 적을 것 같은 쪽.

그렇게 만들어진 내가 과연 내가 선택한 나일까.

이 장의 끝에서 답을 내릴 필요는 없다. 다만 질문 하나면 충분하다. 나는, 나를 선택해 본 적이 있는가.

2장

자유는 왜 늘 두려운가

자유를 원하지 않는 사람은 거의 없다. 우리는 자유롭고 싶다고 말한다.

그러나 자유가 눈앞에 놓이면 우리는 자주 한 발 물러선다.

자유는 선택지를 넓혀주지만 동시에 책임을 요구한다. 그래서 우리는 규칙을 택한다.

자유는 불편하다. 정해진 답이 없고 실패의 이유를 남에게 돌릴 수 없기 때문이다.

그래서 우리는 선택하지 않는 선택을 한다.

선택하지 않는 동안 삶은 대신 선택해준다. 그 선택은 항상 우리의 방향 과 같지는 않다.

자유는 여전히 두렵다. 하지만 자유를 완전히 피한 삶은 어느 순간 이런 질문을 남긴다.

나는 왜 내 인생을 살고 있는 느낌이 들지 않을까.

3장

우리는 왜 확신 앞에서 흔들리는가

우리는 확신을 원한다.
망설이지 않는 마음,
뒤돌아보지 않는 선택,
한 번 정하면 흔들리지 않는 태도.

확신은 강해 보인다.
확신을 가진 사람은 자신이 무엇을 원하는지 아는 것처럼 보이고,
삶의 방향이 또렷한 사람처럼 보인다.

그래서 우리는 말한다.
"나는 확신이 없어."

하지만 정말 그럴까.
확신은 언제나 좋은 것일까.
흔들린다는 것은 정말 나약함의 증거일까.

우리는 흔들린다.
생각이 많아서 흔들리고,
책임을 느끼기 때문에 흔들리며,
무엇이든 잃을 수 있다는 사실을 알기에 흔들린다.

흔들리지 않는다는 것은
어쩌면 아무것도 걸지 않았다는 뜻일지도 모른다.

확신은 종종 선택의 끝이 아니라
선택을 멈추기 위한 장치로 작동한다.

"이게 맞아."
"이게 정답이야."
"나는 이런 사람이야."

이 문장들은 우리를 편하게 한다.
더 이상 고민하지 않아도 되게 해주고,
다른 가능성을 차단해준다.

확신은 의심을 줄여주는 대신
시야도 함께 줄인다.

그래서 확신이 강할수록
사람은 단단해 보이지만,
동시에 쉽게 부서지기도 한다.

확신이 흔들릴 때
그 사람의 세계 전체가 같이 흔들리기 때문이다.

우리는 흔히 말한다.
"나는 왜 이렇게 결정장애일까."

하지만 많은 경우
문제는 결정 능력이 아니라
결정에 부여된 의미다.

우리는 하나의 선택이
나라는 사람 전체를 규정해버릴 것처럼 느낀다.

그래서 선택은 무거워지고,
확신은 부담이 된다.

흔들림은 아직 닫히지 않은 상태다.

확신은 문을 닫는 행위이고,
흔들림은 문 앞에 서 있는 상태다.

문 앞에 서 있다는 것은 불안하지만,
아직 돌아갈 수도 있고
다른 방향을 볼 수도 있다는 뜻이다.

흔들림은 생각이 멈추지 않았다는 신호다.

우리는 확신 앞에서 흔들린다.
그건 약해서가 아니라,
아직 삶을 진지하게 대하고 있기 때문이다.

4장

후회는 왜 늘 늦게 도착하는가

후회는 거의 언제나 늦게 온다.

선택하기 전에는 오지 않고,
머뭇거릴 때도 나타나지 않다가,
이미 지나온 뒤에야 조용히 어깨에 손을 얹는다.

그때 우리는 말한다.
"그때 왜 그랬을까."
"다른 선택을 했어야 했는데."
"조금만 더 용기 냈다면."

후회는 사건보다
생각의 형태로 먼저 찾아온다.

사람이 후회를 느끼는 이유는
선택이 틀렸기 때문만은 아니다.

후회는 결과가 아니라
의미를 다시 붙이는 과정에서 만들어진다.

우리는 과거의 나를
현재의 기준으로 재판한다.

후회는 불공평한 재판이다.

후회는 놓쳤을지도 모른 가능성에 매달린다.

후회는 형벌이 아니라
다음 선택으로 이어져야 한다.

과거는 설명일 수는 있어도
거주지가 될 수는 없다.

후회는 늦게 오지만
쓸모없게 오지는 않는다.

5장

우리는 왜 자신에게 가장 엄격한가

사람들은 흔히 이렇게 말한다.
"나는 나한테 제일 엄격해."

그 말에는 묘한 자부심이 섞여 있다.
대충 살지 않겠다는 다짐처럼 들리고,
스스로를 단련하는 사람의 태도처럼 보인다.

하지만 조금만 더 들여다보면
그 엄격함은
성실함보다 피로에 가까울 때가 많다.

쉬고 있을 때도 마음이 불편하고,
이미 충분히 해냈는데도
계속 부족한 부분만 떠오르고,
작은 실수 하나가 하루 전체를 흐리게 만든다.

우리는 타인에게는 관대하지만
자기 자신에게는 그렇지 않다.

남에게는 맥락을 붙여주고,

나에게는 결과만 들이민다.

자기비판과 성찰은 다르다.

자기비판은 사람 전체를 평가하지만,
성찰은 행동을 바라본다.

자기 자신에게 친절해지는 것은
느슨해지는 것이 아니라
더 정확해지는 일이다.

6장

우리는 왜 비교 속에서
자신을 재단하는가

사람은 혼자서 자신을 정의하기 어렵다.

그래서 우리는 비교한다.
타인의 성취를 보며 나의 속도를 떠올리고,
남의 관계를 보며 나의 고독을 잰다.

우리는 타인의 전체와
자신의 일부를 비교한다.

비교는 삶을 빠르게 만들지만
마음을 좁힌다.

남보다 앞서야 한다는 생각은
항상 누군가의 뒤에 서게 만든다.

비교는 불안을 관리하려는 방식이다.

비교는 여전히 우리 곁에 있을 것이다.
그러나 그 자리에 항상 앉아 있을 필요는 없다.

7장

우리는 왜 삶에 의미를 요구하는가

사람은 견딜 수 없는 것을 오래 바라보지 못한다.
고통도, 상실도, 불확실성도 그렇지만
그중에서도 가장 견디기 힘든 것은
아무 이유도 없어 보이는 상태다.

우리는 힘들 때 이렇게 묻는다.
"이게 다 무슨 의미가 있지."
"왜 이런 일이 나에게 일어났을까."
"이 시간을 지나면 무엇이 남을까."

이 질문들은 답보다 먼저 나타난다.
그만큼 우리는
의미가 없다는 느낌을 불안해한다.

의미는 방향처럼 작동한다.
어디로 가고 있는지 모를 때,
어디쯤 와 있는지 가늠할 수 없을 때,
우리는 의미라는 말을 꺼낸다.

이 일이 나를 성장시키는지,

이 관계가 나에게 필요한지,
이 고통이 언젠가 설명될 수 있는지.

의미는 현재를 버티게 하는 언어다.

그러나 의미는 늘 친절하지 않다.
어떤 순간에는
아무리 찾아도 보이지 않는다.

열심히 살았는데 결과가 없을 때,
선택했는데 길이 막힌 것 같을 때,
남들보다 뒤처진 것처럼 느껴질 때.

그때 우리는 더 크게 묻는다.
"왜 하필 나인가."
"이건 틀린 삶 아닐까."

우리는 종종 의미를
이야기의 형태로 만든다.

이 고생은 언젠가 보상받을 것이다.
이 실패는 나를 단단하게 만들 것이다.
이 우연에는 분명 이유가 있을 것이다.

이 이야기들은

우리를 다시 일으켜 세우는 힘이 되기도 한다.

하지만 동시에
지금의 고통을
함부로 설명해버릴 위험도 있다.

아직 아픈데,
아직 끝나지 않았는데,
너무 빨리 의미를 붙이면
그 아픔을 충분히 느끼기도 전에
다음 장으로 넘겨버리게 된다.

모든 고통이
곧바로 서사가 되는 것은 아니다.

어떤 일들은
그냥 일어났을 뿐이고,
아직 아무 의미도 없을 수 있다.

그 공백을 견디는 일은
생각보다 어렵다.

의미 없는 시간을 보내고 있다는 느낌은
삶 전체가 흔들리는 것처럼 느껴지게 만든다.

그래서 우리는
의미를 찾기보다
의미를 만들어낸다.

완성된 답이 있어서가 아니라,
그렇게 하지 않으면
불안해지기 때문이다.

의미는 발견이라기보다
조립에 가깝다.

경험을 꿰고,
시간을 묶고,
지나온 일을 하나의 방향으로 엮는 일.

우리는 종종
의미가 있어야만
살 가치가 있다고 착각한다.
하지만 삶은
언제나 설명과 함께 흘러가지 않는다.

많은 순간은
나중이 되어서야
다른 얼굴을 보여준다.

그리고 어떤 순간은
끝내 설명되지 않은 채
삶의 일부로 남는다.

이 장에서 말하고 싶은 것은
의미를 찾지 말라는 이야기가 아니다.

다만 묻고 싶다.

지금 당신이 찾고 있는 의미는,
정말 당신을 앞으로 가게 하는가.

아니면
지금의 혼란을
빨리 지워버리기 위한 이름인가.

의미는 삶을 견디게 하지만,
때로는 삶을 재촉한다.

아직 모르는 상태로 머무르는 것,
답 없는 질문을 안고 사는 것,
완성되지 않은 이야기를 끌고 가는 것.

그것도 하나의 삶이다.

어쩌면 성숙이란
모든 일에 이유를 붙이는 것이 아니라,
이유 없는 순간도
조금은 견딜 수 있게 되는 일인지도 모른다.

불확실함을 없애는 게 아니라,
그 안에서 계속 살아가는 법을
배워가는 것.

8장

우리는 왜 미래를 붙잡으려 하는가

우리는 아직 오지 않은 시간을 자주 앞질러 산다.

내일의 일정,
다음 달의 결과,
몇 년 뒤의 모습.

지금 이 순간보다
아직 일어나지 않은 장면에
더 오래 머문다.

미래는 언제나 생각 속에서 먼저 도착한다.

사람들은 흔히 말한다.
"계획이 있어야 안심이 되지."

계획은 방향을 준다.
막막함 속에서
한 줄의 선처럼 길을 만들어준다.

하지만 어느 순간부터

계획은 안내판이 아니라
안전벨트가 된다.

없으면 불안하고,
어긋나면 흔들리고,
통제하지 못하면
모든 게 무너진 것처럼 느껴진다.

미래를 붙잡으려는 마음의 밑바닥에는
대개 같은 감정이 깔려 있다.

불확실성에 대한 두려움.

우리는 그 빈 공간을
계획으로 채운다.

완전히 통제할 수 없다는 사실을
잠시 잊기 위해서.

계획이 잘 굴러갈 때는 평온하다가,
조금만 틀어져도
마음이 먼저 무너진다.

하지만 계획이 무너졌다는 사실과
내 삶이 무너졌다는 해석은

같지 않다.

미래를 통제하고 싶어 하는 사람일수록
지금의 선택에
과도한 무게를 실어 올린다.

그러나 대부분의 인생은
한 번의 결정으로 굳어지지 않는다.

우리는 수없이 고쳐 쓰면서 살아간다.

미래는 언제나
생각보다 덜 통제되고,
생각보다 더 즉흥적이다.

이 장에서 말하고 싶은 것은
계획을 버리라는 이야기가 아니다.

다만 묻고 싶은 것은 이것이다.

당신이 세운 계획은,
당신을 앞으로 보내고 있는가.

아니면
조금도 흔들리지 않기 위해

당신을 꽉 붙잡고 있는가.

어쩌면 성숙이란 계획이 어긋나도
삶이 끝나지 않는다는 사실을
조금씩 믿어가는 일일지도 모른다.

그 마음이
지금을 놓치게 만들지 않도록,
가끔은 손아귀를
조금 풀어도 괜찮다.

9장

우리는 왜 쉬는 것을 불안해하는가

우리는 쉬면서도 쉬지 못한다.

몸은 소파에 앉아 있는데,
마음은 계속 움직인다.
아무것도 하지 않는 순간에도
해야 할 일들이 줄을 서서 떠오른다.

메일을 확인하지 않았다는 사실,
뒤처지고 있을지도 모른다는 생각,
다른 사람들은 이미 뭔가를 해냈을 것 같다는 상상.

쉬는 시간은 주어졌는데,
그 시간을 허락받지 못한 느낌.

우리는 왜 이렇게
가만히 있으면 불안해질까.

사람들은 흔히 말한다.
"쉬어야 오래 가지."
맞는 말이다.

쉬지 않고 달리는 사람은 거의 없다.

그런데도 우리는
쉬는 순간 스스로에게 묻는다.

이렇게 있어도 되나.
지금 놀고 있을 때가 아닌 것 같은데.
조금만 더 하면 되는 거 아닌가.

쉼은 권리가 아니라
조건이 된다.

열심히 했을 때만,
쓸모 있는 하루였을 때만,
목표에 가까워졌을 때만
허락되는 상태.

우리는 쉬는 시간을
'비어 있는 시간'으로 착각한다.

아무 성과도 없는 시간,
아무 진전도 없는 순간,
아무것도 생산하지 않는 상태.

그래서 쉼은

늘 변명과 함께 온다.

오늘은 너무 피곤해서.
어제는 밤새워서.
이번만 조금 쉬고.

마치 재판장 앞에 서서
휴식을 신청하는 사람처럼.

이 불안은 어디서 왔을까.

대부분의 사람은 어릴 때부터 배운다.

열심히 하면 칭찬받고,
잘하면 인정받고,
앞서 나가면 안전해진다는 감각.

반대로 멈추면 뒤처지는 것 같고,
쉬면 게으른 것 같고,
가만히 있으면 도태될 것 같은 느낌.
우리는 쉬는 법보다
달리는 법을 먼저 배운다.

그리고 어느 순간부터 달리지 않으면
존재가 불안해진다.

쉬는 것을 불안해하는 마음의 밑바닥에는
종종 이런 생각이 깔려 있다.

내가 멈추는 동안
다른 사람들은 앞서 가고 있을 것이다.

내가 쉬는 동안
기회는 지나가고 있을 것이다.

내가 가만히 있으면
나는 덜 가치 있는 사람이 될 것이다.

쉼이 행동이 아니라
평가의 문제가 되는 순간이다.

그래서 우리는 쉬면서도
일을 생각한다.
휴가 중에도 메일을 열어보고,
잠자기 전까지 일정표를 떠올리고,
아무것도 안 하는 날에도
'그래도 뭔가는 해야 하지 않나' 하고 자신을 흔든다.

쉼은 더 이상 멈춤이 아니라
느린 노동이 된다.

몸만 쉬고
마음은 계속 성과를 만든다.

우리는 종종 말한다.
"나는 가만히 있으면 불안해."

그 말은 성격 설명처럼 들리지만,
사실은 시대의 문장에 가깝다.

끊임없이 움직이는 사람들이 더 가치 있어 보이는 사회,
바쁘다는 말이 능력처럼 들리는 분위기,
휴식마저 생산성으로 환산하는 시선.

얼마나 효율적으로 쉬었는지,
이 쉼이 다음 주의 성과에 얼마나 도움이 되는지.
쉬는 순간조차
미래를 위한 투자로 설명해야 마음이 놓인다.

하지만 인간의 몸과 마음은
계속해서 앞만 보도록 설계되지 않았다.

멈춤은 고장이 아니라
조정이다.

속도를 늦추는 순간에야

비로소 들리는 생각들이 있다.

계속 달릴 때는
아프다는 신호조차 무시하게 된다.

피로, 짜증, 공허함,
이상하게 커진 불안.

쉼은 사치가 아니라
그 신호를 번역하는 시간이다.

그럼에도 우리는 쉼을 미룬다.

조금만 더 하고.
이번만 넘기고.
다음 주에 쉬자.

하지만 다음 주는
대개 또 다른 일로 채워진다.

쉼은 미래형으로만 존재하고,
현재에는 잘 오지 않는다.

우리는 쉬는 동안
자신과 마주하게 된다.

아무 일정도 없을 때 떠오르는 생각들,
피해두었던 질문들,
속도를 늦추자 드러나는 감정들.

그게 불편해서
다시 바쁘게 움직이기도 한다.

쉼은 단순한 휴식이 아니라,
조용히 자기 자신과 앉아 있는 시간일지도 모른다.

그래서 더 어렵다.

이 장에서 말하고 싶은 것은
아무 일도 하지 말라는 선언이 아니다.

묻고 싶은 것은 이것이다.

당신이 쉬지 못하게 만드는 목소리는
정말 당신을 살게 하고 있는가.

아니면
당신을 끊임없이 증명하게 만들고 있는가.

쉬는 것은
패배가 아니다.

멈춘다고 해서
삶이 사라지지 않는다.

잠시 속도를 줄인다고 해서
당신이 무가치해지는 것도 아니다.

쉼은
다시 달리기 위한 연료가 아니라,
지금의 나를 유지하기 위한 조건이다.

우리는 평생
자기 자신과 함께 살아야 한다.

그렇다면 끊임없이 채찍을 드는 감독관이 아니라,
호흡을 살피는 동반자가 되는 편이
조금은 낫지 않을까.

쉬는 것이 불안한 시대에서
쉼을 선택하는 일은
작은 반항처럼 보일지도 모른다.

하지만 어쩌면
그게 가장 현실적인 선택일 수도 있다.

완전히 부서지기 전에 멈추는 것,

스스로를 고장 나기 전에 내려놓는 것.

우리는 왜 쉬는 것을 불안해하는가.

그건 우리가 게을러서가 아니라,
너무 오래 달려왔기 때문이다.

그리고 아마도
아직 충분히
멈춰본 적이 없어서일 것이다.

10장

우리는 왜 끝없이 스스로를 업그레이드하려 하는가

우리는 지금의 자신으로 머무르는 데 익숙하지 않다.

항상 조금 부족한 상태로 느끼고,
항상 다음 단계가 있을 것 같고,
지금보다 더 나은 버전이 따로 존재하는 것처럼 산다.

조금 더 효율적인 내가 있고,
조금 더 단단한 내가 있고,
조금 더 성공한 내가 어딘가에서 기다리고 있는 느낌.

그래서 우리는 묻는다.

나는 아직 부족한 걸까.
더 바뀌어야 하는 걸까.
이 정도면 괜찮다고 말해도 되는 걸까.

자기계발이라는 말은
처음에는 희망처럼 들린다.

나아질 수 있다는 믿음,
지금보다 더 잘 살 수 있다는 가능성.

책을 읽고, 강의를 듣고,
운동을 시작하고, 습관을 바꾸며
사람은 스스로를 돌보려 한다.

문제는 어느 순간부터
그 노력이 돌봄이 아니라
채찍이 될 때다.

우리는 개선과 결핍을
자주 혼동한다.

조금 더 배우고 싶은 마음과
지금의 나로는 부족하다는 믿음 사이에는
미묘하지만 중요한 차이가 있다.

전자는 성장으로 향하고,
후자는 자신을 의심하는 쪽으로 기운다.

사기계발이 삶을 넓히는 대신
삶을 좁히기 시작하는 순간이 있다.

우리는 늘 비교 속에서 살고 있다.

다른 사람의 성취가
곧 나의 과제가 되고,
타인의 속도가
곧 나의 기준이 된다.

어제까지만 해도 괜찮았던 내가
오늘은 뒤처진 사람처럼 느껴진다.

그럴수록 우리는
더 많은 것을 해야 할 것 같은 압박에 시달린다.

자기계발은 때때로
불안을 관리하는 방식이 된다.

가만히 있으면 뒤처질 것 같고,
멈추면 도태될 것 같고,
지금 그대로 있으면 실패자가 될 것 같은 감각.

그 불안을 잠재우기 위해
우리는 계획을 세우고,
체크리스트를 만들고, 자신을 끊임없이 수정한다.

문제는 그 불안이
완전히 사라지지 않는다는 데 있다.

하나를 채우면 또 부족해지고,
기준은 계속 위로 올라간다.

우리는 목표를 세우는 데 익숙하다.

이번 달엔 이것,
올해 안에는 저것,
몇 년 뒤에는 이런 모습.

목표는 삶을 구조화해 주지만,
동시에 삶을 연기시키기도 한다.

저걸 이루면 만족해도 될 것 같고,
저 단계에 도달하면 쉬어도 될 것 같고,
그때가 되면 비로소 나를 인정해도 될 것 같은 느낌.

삶은 계속 예고편 상태로 남는다.

자기계발의 언어는
종종 삶을 숫자로 바꾼다.

얼마나 성장했는지,
얼마나 개선됐는지,
얼마나 효율적인지.

그 계산 속에서
사람은 존재가 아니라
프로젝트가 된다.

완성되지 않은 파일처럼,
항상 업데이트가 필요한 시스템처럼.

하지만 인간은
버전 업으로만 살아가지 않는다.

우리는 누적된 경험으로 살아가고,
고쳐진 부분만이 아니라
그대로 남은 부분까지 끌어안고 산다.

약해진 적이 있었던 몸,
망설였던 선택들,
잘하지 못했던 순간들.

그 모든 것이 합쳐져
지금의 사람이 된다.

이 장에서 말하고 싶은 것은
자기계발을 하지 말라는 이야기가 아니다.

성장은 필요하다.

다만 묻고 싶다.

당신이 바꾸려는 것은
정말 당신의 삶을 넓히는가.

아니면
지금의 당신을
계속 부족한 상태로 만들어 두는가.

어쩌면 중요한 것은
'더 나은 내가 되기'보다
'이미 여기까지 온 나를 인정하기'일지도 모른다.

지금까지 살아남았다는 사실,
여기까지 버텼다는 감각,
여러 번 흔들리면서도
다시 방향을 잡아왔다는 기억.

그 위에서만
변화는 덜 폭력적으로 시작된다.

우리는 끝없이 스스로를 업그레이드하려 한다

그건 게으르지 않기 때문이고,
잘 살고 싶기 때문이고,

망치고 싶지 않기 때문이다.

다만 그 마음이
현재를 삭제하지 않도록.

지금의 나를
임시 버전으로만 취급하지 않도록.

11장

우리는 왜 인정받고 싶어 하는가

우리는 생각보다 자주 묻는다.

이 정도면 괜찮은 걸까.
나는 잘하고 있는 걸까.
사람들이 나를 어떻게 보고 있을까.

이 질문들은 소리 내지 않아도 늘 마음 어딘가에서 반복된다.

회의실에서 한마디를 하기 전,
사진을 올리기 전,
결정을 내린 뒤.

우리는 자신의 판단보다 타인의 반응을 먼저 떠올린다.

사람이 인정받고 싶어 하는 것은 이상한 일이 아니다.

우리는 혼자 살아갈 수 없는 존재다.
타인의 반응 속에서 자신의 위치를 확인하고,
관계 안에서 안전을 느낀다.

어릴 때 칭찬을 받으면 안심했고,
혼나면 위축되었다.

인정 욕구는 그때 만들어진 오래된 신호다.

문제는 인정이 삶의 참고자료가 아니라
기준표가 되어버릴 때다.

한 번의 칭찬이 나를 살려주고,
한 번의 무시는 오래 마음에 남는다.

우리는 종종 어떻게 보이는지를 더 계산한다.

삶은 공연처럼 변하고,
무대 뒤의 나는 조용해진다.

인정 욕구는 비교와 손을 잡는다.

항상 더 빛나는 사람이 나타난다.

그래서 인정은 계속되는 추격전이 된다.

남 눈치 보지 말라는 말은 쉽다.

인정받고 싶다는 말 속에는

살아남고 싶다는 감각이 숨어 있다.

우리는 평가를 과대해석한다.

판사는 늘 타인이고,
피고는 언제나 나다.

이 장에서 말하고 싶은 것은
인정을 원하지 말라는 이야기가 아니다.

당신이 바라는 인정은,
당신을 더 자유롭게 만드는가.

아니면 더 움츠러들게 만드는가.

타인의 박수보다
자기 자신의 고개 끄덕임을 믿는 연습.

평가받지 않는 순간에도
나는 여전히 나라는 사실.

그 마음이 당신의 모든 신택을 대신하게 두지 말자.

12장

우리는 왜 거절 앞에서 작아지는가

거절은 대부분 짧게 온다.

"이번엔 어려울 것 같아요."
"다음 기회에요."
"죄송합니다."

몇 마디 말,
한 줄의 메시지,
고개를 젓는 표정 하나.

그런데 그 짧은 순간이 마음속에서는 길게 늘어진다.

머릿속에서 장면이 반복되고,
다른 대사가 붙고,
다른 결말이 계속 만들어진다.

거절은 끝났는데,
생각은 끝나지 않는다.

사람들은 말한다.

"그냥 안 맞았던 거지."

하지만 거절당한 사람의 마음은 그렇게 간단하지 않다.

그건 선택의 문제처럼 보이지만,
종종 존재의 문제처럼 느껴진다.

내가 부족해서 그런가.
내가 별로여서 그런가.
나는 애초에 선택될 사람이 아니었나.

거절 하나가 자기 자신 전체에 의견을 내는 것처럼 들릴 때가 있다.

우리가 거절 앞에서 작아지는 이유는
대개 거절을 사건이 아니라 판결처럼 받아들이기 때문이다.

이번 제안이 맞지 않았다는 말이,
이번 관계가 이어지지 않는다는 말이,
이번 시도가 선택되지 않았다는 사실이,

언제부터인가 나는 안 된다는 결론처럼 들린다.

거절은 우리의 오래된 기억을 건드린다.

놀이터에서 끼지 못했던 순간,

팀에서 빠졌던 날,
대답 없는 메시지를 기다리던 시간.

사람은 한 번 밀려난 감각을 몸으로 기억한다.

거절 앞에서 우리는 갑자기 아주 조심스러워진다.

다음엔 말하지 말까.
다음엔 시도하지 말까.
아예 기대하지 않는 편이 낫지 않을까.

조심스러움은 처음에는 자기를 보호하는 장치처럼 보인다.

하지만 시간이 지나면 삶의 반경을 좁힌다.

거절은 실패와도 쉽게 붙는다.

이번엔 안 됐다 → 나는 역시 부족하다 → 앞으로도 안 될 것이다.

하지만 거절은 언제나 능력의 총합이 아니다.

상황, 타이밍, 취향, 우연.

이 장에서 말하고 싶은 것은
거절에 강해지라는 구호가 아니다.

다만 묻고 싶다.

지금 당신이 겪은 거절은,
정말 당신이라는 사람 전체에 대한 판단인가.

아니면 하나의 상황이 내린 결정인가.

거절 앞에서 회복하는 힘은
하루쯤 풀이 죽은 자신을 허락하는 일이다.

우리는 왜 거절 앞에서 작아지는가.

그건 우리가 무언가를 진지하게 원했기 때문이다.

13장

우리는 왜 결정을 미루는가

결정하지 못하는 순간은 생각보다 조용하다.

아무 말도 하지 않고,
메일을 보내지 않고,
신청 버튼 앞에서 화면을 닫고,
답장을 하루 미룬다.

겉으로 보면 아무 일도 없는 것처럼 보이지만,
그 안에서는 이미 수십 번의 선택이 오간다.

해야 할 것 같고,
하면 후회할 것 같고,
안 하면 더 후회할 것 같고.

그래서 우리는
아무 쪽도 택하지 않은 채
시간을 먼저 보내버린다.

사람들은 말한다.
"결단력이 부족해서 그래."

하지만 대부분의 미룸은
성격 문제가 아니라
과부하의 결과다.

너무 많은 경우의 수,
너무 많은 책임,
너무 많은 상상.

한 번의 선택이
인생 전체를 뒤집을 것처럼 느껴질 때,
뇌는 멈춤을 택한다.

결정을 미룰 때
우리는 이런 말을 한다.

조금만 더 생각해보고.
지금은 타이밍이 아닌 것 같아서.
준비가 더 되면.

그 말들은 두려움을 포장한 문장일 때가 있다.

틀릴까 봐.
후회할까 봐.
되돌릴 수 없을까 봐.

선택이 무거워지는 이유는
그 위에 너무 많은 의미를 올려두기 때문이다.

그러나 대부분의 삶은
단번에 굳어지지 않는다.

우리는 수없이 수정하고
다른 길로 흘러간다.

완벽주의도
미룸의 연료다.

완벽한 선택은 거의 없다.

그럼에도 우리는
완벽해질 때까지 기다린다.

아무것도 고르지 않는 것도
하나의 선택이다.

이 장에서 말하고 싶은 것은
빨리 결정하라는 재촉이 아니다.

당신이 미루고 있는 결정은
정말 더 생각하기 위해서인가.

아니면 틀릴까 봐 멈춰 있는 것인가.

결정은 연습이다.

작은 선택을 해보고,
틀려도 살아지는 경험을 쌓는 일.

우리는 결정을 통해
자기 자신을 조금씩 만든다.

그 신중함이
삶을 멈추지 않도록.

우리는 왜 결정을 미루는가.

그건 너무 많은 가능성을 동시에 끌어안고 있기 때문이다.

하지만 선택하지 않으면
아무 문도 열리지 않는다.

14장

우리는 왜 과거의 선택에 머무르는가

사람은 끝난 일을 다시 산다.

이미 지나간 대화,
보내지 않았던 메시지,
다른 쪽을 택했더라면 달라졌을 장면들.

그 순간들은 현실에서는 끝났는데,
머릿속에서는 계속 현재형이다.

그때 왜 그렇게 말했을까.
조금만 더 참을 걸.
아예 다른 길을 택했어야 했는데.

후회는 언제나 비교로 시작된다.

지금의 삶과
상상 속의 다른 삶.

조금 더 용기 냈다면 생겼을 관계,
그만두지 않았다면 이어졌을 길,

선택하지 않았던 도시와 직업과 사람들.

우리는 과거의 선택을
지금의 기준으로 재단한다.

그 재판은 항상 불공평하다.

과거에 머무는 마음의 밑바닥에는
통제 욕구가 숨어 있다.

후회는 때때로
자기 처벌의 형태를 띤다.

왜 그렇게밖에 못 했어.

우리는 후회를 책임감과 착각한다.

하지만 모든 후회가
우리 삶을 더 정확하게 만드는 것은 아니다.

현재가 불안할수록
과거는 더 무섭게 느껴진다.

이 장에서 말하고 싶은 것은
과거를 잊으라는 이야기가 아니다.

다만 묻고 싶다.

당신이 붙잡고 있는 과거는,
정말 다음 선택을 돕고 있는가.

아니면
지금의 발걸음을 묶고 있는가.

우리는 과거의 자신에게
지금보다 훨씬 가혹하다.

어쩌면 중요한 것은
과거와 맺는 관계를 바꾸는 일이다.

"그때의 나는
그 상황에서 할 수 있는 만큼 했다"고
말해보는 일.

우리는 왜 과거의 선택에 머무르는가.

그건 더 나은 방향을 찾고 있기 때문이다.

15장

우리는 왜 행복을 나중으로 미루는가

사람들은 종종 이렇게 말한다.

조금만 더 버티면 괜찮아질 거야.
이번 고비만 넘기면 편해질 거야.
이 일만 끝나면 쉬어도 돼.

행복은 늘 다음 문장 속에 있다.

현재는 늘 준비 단계가 되고,
삶은 계속 예고편처럼 흘러간다.

우리는 행복을 조건부로 다룬다.

이걸 이루면,
저기에 도달하면,
이 상황에서 벗어나면.

지금의 하루는 임시 거처가 된다.

행복을 미루는 마음의 밑바닥에는 책임감이 있다.

아직 만족하면 안 될 것 같고,
편해지면 뒤처질 것 같은 느낌.

행복을 목표처럼 설정하면서
현재의 나는 늘 탈락자가 된다.

작은 평온은 밀려난다.

이 장에서 말하고 싶은 것은
지금 당장 즐기라는 외침이 아니다.

다만 묻고 싶다.

당신이 미루는 행복은
정말 미래를 위한 것인가.

아니면 지금의 자신에게
너무 박한 기준을 들이대고 있는가.

행복은
버티는 와중에도 스며드는 작은 균열이다.

1부의 끝에서

이제까지 우리는
선택과 후회와 미래를 따라왔다.

당신은 이미
계속 선택하며 여기까지 왔다.

2부

다시 나에게 돌아오는 법

우리는 어떻게 다시 자신에게 돌아오는가 | 우리는 왜 이렇게 스스로를 몰아붙이는가

우리는 어떻게 다시 나를 믿는 법을 배울까 | 상처가 아문다는 것은 어떤 모습일까

우리는 어떻게 다시 사람 곁으로 돌아갈까 | 우리는 어떻게 오늘 하루를 건너는가

작은 루틴이 마음을 살리는 방식 | 내가 나에게 하는 말들

감정을 허락한다는 것

16장

우리는 어떻게 다시
자신에게 돌아오는가

사람은 어느 순간 자기 자신에게서 멀어진다.

해야 할 일에 밀리고,
남의 기준에 맞추다 보면
내 마음보다 보여야 하는 모습이 먼저 떠오른다.

나는 어디에 있지.

우리는 자신을 찾겠다고 말하지만,
대부분은 마음의 소리를 미뤄왔을 뿐이다.

다시 돌아온다는 것은
새로운 사람이 되는 게 아니라
이미 있었던 나를 다시 듣는 일이다.

자신에게 돌아오는 첫 신호는 사소하다.

왜 이렇게 피곤한지,
왜 이 말이 마음에 걸렸는지,

괜찮다 했지만 사실은 버거웠는지.

우리는 참는 쪽을 먼저 배웠다.

괜찮다는 말을 연습했고,
마음을 미뤄두었다.

힐링은 완벽해지는 게 아니라
이 신호를 무시하지 않는 쪽으로 방향을 트는 일이다.

오늘은 여기까지만 해도 된다고
허락하는 것.

자기에게 친절해지는 일은 어렵다.

우리는 자기 실수에는 판결을 내린다.

그 목소리를 낮추는 일,
버텼다는 기록을 남기는 일.

회복은 느리다.

괜찮은 날과 무너지는 날이 섞인다.

그럼에도 분명한 건 있다.

조금씩 덜 자신을 때리고,
조금씩 빨리 쉬어준다.

당신의 마음은
당신을 살게 하기 위해 있다.

2부의 시작에서

그 흔들림 속에서도
어떻게 나를 놓치지 않을까.

17장

우리는 왜 이렇게
스스로를 몰아붙이는가

사람들은 종종 자신에게 가장 가혹하다.

남에게는 사정을 붙여주면서,
자기에게는 결과만 들이민다.

왜 이것밖에 못 했어.
다른 사람들은 다 하는데.

우리는 언제부터
자기 자신을 감독관처럼 대하게 되었을까.

해야 할 일의 목록은 끝이 없고,
기준은 계속 올라가고,
조금 쉬면 뒤처지는 것 같은 기분이 든다.

스스로를 몰아붙이는 마음의 밑바닥에는
두려움이 있다.

뒤처질까 봐,

쓸모없어 보일까 봐.

이 장에서 말하고 싶은 것은
노력하지 말라는 이야기가 아니다.

당신이 자신을 재촉하는 방식은,
당신을 앞으로 보내고 있는가.

아니면
계속 숨이 차게 만들고 있는가.

자기 자신을 덜 몰아붙이는 연습은 작다.

해낸 것까지 기록하는 것,
지쳤다는 신호를 무시하지 않는 것.

휴식은 허락이 아니라 필요다.

자기 자신을 적이 아니라
동료로 두는 법을 배워야 한다.

우리는 왜 이렇게 스스로를 몰아붙이는가.
그건 잘해내고 싶어서다.

그 마음이
당신을 계속 다치게 하지 않도록.

18장

우리는 어떻게 다시
나를 믿는 법을 배울까

사람은 어느 순간 자기 자신을 의심하는 쪽이 더 익숙해진다.

괜찮은 선택을 했어도 혹시 틀린 건 아닐까 생각하고,
잘 해냈다는 말을 들어도 우연이었을 거라고 밀어낸다.

스스로를 믿는다는 감각은 자만처럼 느껴지고,
의심하는 태도가 오히려 겸손처럼 보인다.

그래서 우리는 확신보다 질문을 먼저 꺼낸다.

하지만 계속 자신을 의심하는 삶은
조용히 사람을 마르게 한다.

매번 선택 앞에서 자기 판단을 부정하고,
잘 버틴 날보다 실수한 하루를 더 오래 붙잡는다.

그러다 보면 이런 생각이 든다.

나는 왜 늘 나를 변호하지 않는 걸까.

자기 신뢰는 대단한 용기가 아니다.

오늘의 나를 완전히 확신하지는 못해도,
적어도 적으로 보지 않는 태도.

틀릴 수 있다는 걸 알면서도
그래도 선택해보는 쪽으로 조금 기우는 마음.

스스로를 믿지 못하게 된 데에는 이유가 있다.

너무 많은 평가 속에 살았고,
너무 오래 비교당했고,
실수는 확대되고 잘한 일은 금세 지나갔다.

그 환경 속에서 사람은 점수표를 먼저 배우게 된다.

다시 나를 믿는다는 것은
작은 기록에서 시작된다.

쉬어야겠다고 멈춘 순간,
무리한 약속을 거절한 일,
오늘은 이만하면 됐다고 인정한 밤.

그건 증거를 쌓는 일이다.

나는 나를 망치기만 하는 사람이 아니라는 증거.

자기에게 격려하는 말이 어색할 수 있다.

하지만 늘 비판만 받는 사람은
도전하기 어려워진다.

자기 안에서조차 안전하지 않다면
어디서 용기를 낼 수 있을까.

자기 신뢰는 완벽함에서 생기지 않는다.

틀렸는데도 살아졌다는 기억,
실패했는데도 다시 일어났다는 기록,
망쳤다고 느꼈는데도 삶이 끝나지 않았다는 체험.

그것들이 쌓여 조용한 확신이 된다.

나는 넘어져도 완전히 사라지지는 않는 사람이라는 감각.

두려움은 사라지지 않는다.

다만 두려움 옆에 다른 목소리를 하나 더 두자.

괜찮을지도 모른다는 목소리,

그래도 해볼 수 있겠다는 속삭임.

자신을 믿는다는 건
모든 게 잘 풀릴 거라는 낙관이 아니다.

무슨 일이 생겨도
나는 나를 버리지 않겠다는 약속이다.

결정을 내린 뒤 바로 후회부터 시작하지 않는 연습,
"그땐 그게 최선이었어"라고 말해보는 일.

자기 신뢰는 서서히 쌓인다.

오늘 나를 배신하지 않은 순간 하나,
몸의 신호를 들은 선택 하나,
조금 덜 자신을 몰아붙인 밤 하나.

그 작은 일들이 내일의 나를 지탱한다.
우리는 어떻게 다시 나를 믿는 법을 배울까.

의심 속에서도 스스로를 놓지 않는 사람이 되는 것.

그 선택이 반복될수록
나는 조금씩 내 편이 된다.

19장

상처가 아문다는 것은 어떤 모습일까

사람들은 회복을 종종 오해한다.

완전히 괜찮아지는 것,
다시는 흔들리지 않는 상태.

하지만 실제로 상처가 아문다는 건 그렇게 깔끔하지 않다.

어떤 날은 괜찮다가,
어떤 날은 이유 없이 가라앉고,
이미 지난 일인데도 문득 가슴이 철렁 내려앉는다.

그건 실패가 아니라 회복의 방식이다.

상처는 없어지기보다 형태를 바꾼다.

예전에는 하루를 무너뜨리던 말이
이제는 잠깐 멈추게 하는 정도가 된다.

덜 오래 아파지는 쪽으로 이동하는 것,
그게 회복이다.

마음은 시간표대로 낫지 않는다.

아직 아픈 자신을 너무 쉽게 비난하지 말자.

상처가 깊을수록
그건 진지하게 살아왔다는 증거다.

회복의 순간은 조용하다.

피하지 않고 그 장소를 지나가게 되는 날,
숨을 한 번 고를 수 있는 밤.

예전보다 덜 자신을 해치고 있는지,
조금 더 나에게 친절해졌는지가 중요하다.

상처는 흔적을 남긴다.

그건 살아남았다는 방식이다.

문제는 그 흔적이 삶 전체를 통제할 때다.

회복이란
상처가 인생의 전부가 되지 않게 하는 일이다.

나는 다쳤던 사람이다.

그리고 지금도 살아 있는 사람이다.

이 두 문장을 함께 들고 가는 능력.

상처를 통과한 사람은 조용히 강하다.

이미 지나온 아픔을
자기 혐오로 바꾸지 말자.

상처가 아문다는 것은
흔적이 사라지는 게 아니라
하루를 지배하지 않는 상태다.

조금 덜 아프면 충분하다.

그 "조금"들이 모여
사람은 다시 살아진다.

20장

우리는 어떻게 다시
사람 곁으로 돌아갈까

회복이 깊어질수록 사람은 조금씩 다시 바깥을 본다.

카페 창가에서 마주친 시선 하나,
엘리베이터에서 나눈 짧은 인사,
오래 연락하지 않았던 이름을 떠올리는 순간.

사람 곁으로 돌아오는 일은 작게 시작된다.

공원을 걷다가 발걸음을 늦춘다.

나무 사이로 스며드는 빛,
벤치에 앉아 휴대폰을 내려놓은 사람,
멀리서 들려오는 웃음소리.

사람에게 다쳤던 사람은
사람에게 돌아오는 데 시간이 걸린다.

마음의 출입문은 반쯤 열어 둔 채로,
도망갈 길도 남겨 둔다.

그건 겁이 아니라 보호다.

오늘 기분이 어떤지
조금만 말해보는 일.

창문을 열어 바람을 들이는 저녁,
이웃집에서 들리는 설거지 소리.

연락처 목록에서 멈추는 손.

사람 곁으로 돌아온다는 건
완전히 닫힌 문보다
살짝 열린 창문에 가깝다.

비 오는 날 버스 창가,
집에 들어와 불을 켜는 순간,
신발을 벗고 숨을 내쉬는 시간.

같이 먹는 한 끼,
같은 방향으로 걷는 몇 걸음.

속도가 아니라 거리다.

억지로 웃지 않아도 되는 자리.

우리는 서로의 소음 속에서
조용히 함께 산다.

사람 곁으로 돌아온다는 건
오늘 하루를 같은 공기 속에서
살아보겠다는 선택이다.

인사 하나,
눈길 하나,
같은 하늘을 바라보는 몇 초.

그걸로 충분한 날도 있다.

2부의 중간에서

우리는 분명히 움직이고 있다.

21장

우리는 어떻게 오늘 하루를 건너는가

사람들은 종종 견딘다는 말을 부정적으로 생각한다.

억지로 버티는 것,
마지못해 살아내는 것처럼 들린다.

하지만 어떤 날의 삶은
견디는 것 말고는 다른 선택지가 없을 때도 있다.

그 하루를 빠져나왔다는 사실만으로도
이미 많은 일을 해낸 것이다.

우리는 대부분의 날을
무너지지 않는 법으로 산다.

하루를 건너는 기술은 거창하지 않다.

아침에 눈을 뜨는 일,
물 한 컵을 마시는 것,
햇빛이 드는 쪽으로 커튼을 여는 순간.

지금 당장 해야 할 것 하나만 찾는 것.

샤워하기,
이메일 한 통 보내기.

작은 완료는 마음을 현재로 데려온다.

오늘은 100점이 아니라
60점짜리 하루여도 괜찮다고 허락하는 것.

몸의 신호를 읽는 것도
하루를 건너는 능력이다.

조용히 지내는 하루도
충분히 인간답다.

하루가 무거울수록
더 작게 돌보는 쪽을 택하자.

우리는 생각보다 많은 날을
이렇게 넘기며 살아왔다.

오늘을 마치는 능력.

그건 살아 있는 사람의 기술이다.

22장

작은 루틴이 마음을 살리는 방식

사람은 큰 변화보다
작은 반복에 더 오래 영향을 받는다.

인생을 바꾸겠다고 결심한 날보다,
그다음 날 아침 어떻게 일어났는지가
훨씬 중요해질 때가 있다.

눈을 뜨고 물을 마시는 일,
창문을 여는 순간,
같은 길을 걸으며 숨을 고르는 시간.

그 사소한 행동들이
하루의 기류를 만든다.

루틴이라는 말은
때로 차갑게 들린다.

규칙, 계획표, 관리.

하지만 여기서 말하는 루틴은

성과를 만드는 장치가 아니다.

마음을 보호하는 울타리에 가깝다.

삶이 흔들릴수록
사람은 붙잡을 구조가 필요하다.

아무것도 확실하지 않을 때
반복되는 동작 하나가
몸에게 말해준다.

아직 괜찮다고.
여기 있다고.

어떤 날은
아무 의욕도 없다.

그럴수록 거창한 목표는 필요 없다.

오늘 할 수 있는 가장 작은 일을 찾는다.

이불을 개는 것,
컵을 씻는 것,
잠깐 햇빛을 보는 것.

그건 게으름이 아니라
재시동이다.

루틴은 마음을 조용히 낮춘다.

불안은 늘 미래를 향해 달린다.

반면 반복은
지금을 붙잡는다.

이 시간, 이 호흡, 이 움직임.

생각이 멀어질수록
몸이 먼저 현재로 돌아온다.

우리는 종종
루틴을 실패했다고 생각한다.

며칠 하다가 끊겼을 때,
다시 시작하지 못했을 때.

하지만 루틴의 본질은
완벽함이 아니라 귀환이다.

놓쳤다면 돌아오면 된다.

어제 못 했어도
오늘 다시 하면 된다.

작은 루틴은
자기 신뢰를 쌓는다.

내가 나를 돌보고 있다는 감각.

루틴은
나 자신을 버리지 않겠다는 약속이다.

이 장에서 말하고 싶은 것은
대단한 습관이 아니다.

이미 하고 있는 사소한 반복을
다시 바라보는 것이다.

커피를 마시는 방식,
신발을 벗는 순간,
불을 끄는 순서.

그 모든 것이
당신을 지켜왔다.

가장 흔들릴 때일수록

루틴이 먼저다.

작은 반복은
하루를 떠받친다.

우리는 결국
루틴으로 살아간다.

그 반복 속에서
사람은 조금씩 회복된다.

23장

내가 나에게 하는 말들

사람은 하루에도 수없이 자기 자신에게 말을 건다.

소리 내지 않아도,
문장으로 완성되지 않아도,
마음속에서는 끊임없이 대화가 흐른다.

괜찮아.
왜 또 이래.
다음엔 잘해야지.
역시 나는 안 돼.

그 말들은 오래 남는다.

우리는 타인의 말에는 예민하면서
자기 말에는 둔감하다.

왜 이렇게 못 해.
그것밖에 안 돼.

내적 대화는 삶의 배경음악 같다.

같은 상황에서도
어떤 말을 하느냐에 따라
하루의 무게는 달라진다.

우리가 자기 자신에게 가혹해진 이유가 있다.

오래 비교당했고,
성과로 평가받았다.

하지만 말은 습관이다.

비난 대신 사실을 말해보는 연습.

"나는 못해." 대신
"오늘은 많이 지쳤어."

"또 실패했어." 대신
"이번엔 잘 안 됐어."

힘든 날 처음으로 말한다.

오늘은 여기까지 해노 된다.

정직하되 잔인하지 않게.

한 번의 실수로
자기 존재를 줄이지 말자.

자기에게 하는 말은
미래의 행동을 만든다.

조금 덜 공격적으로,
조금 더 편들어 주는 쪽으로.

그 하루는 이미 달라진 것이다.

24장

감정을 허락한다는 것

사람들은 종종
감정을 관리해야 할 문제처럼 여긴다.

슬퍼하면 안 될 것 같고,
화가 나면 미성숙해 보일 것 같고,
불안해하는 자신이 약해 보일까 봐
서둘러 다른 얼굴을 쓴다.

괜찮은 척,
아무 일 없는 척,
다 지나간 것처럼 말하면서.

하지만 감정은
사라지라고 명령한다고 사라지지 않는다.

무시할수록
다른 방식으로 돌아온다.

몸으로,
꿈으로,

이유 없는 피로로,
갑작스러운 눈물로.

감정을 허락한다는 것은
그 감정에 휘둘리겠다는 선언이 아니다.

모든 기분을 그대로 행동으로 옮기겠다는 뜻도 아니다.

그저 이렇게 말해주는 일이다.

아, 내가 지금 이러고 있구나.

슬프구나.
지치긴 했구나.

겁이 나긴 하네.

그 한 문장이
감정과 나 사이에
숨 쉴 공간을 만든다.

우리는 오래도록
느끼는 것보다 버티는 법을 배웠다.

참아라.

넘겨라.
별일 아닌 척해라.

그 방식 덕분에
살아온 날도 많다.

하지만 계속 그 방식만 쓰면
마음은 점점 말라간다.

견디는 삶과
느끼는 삶은 다르다.

감정을 허락하면
삶은 느슨해진다.

문제가 사라져서가 아니라,
나 자신과 싸우는 에너지가 줄어들어서다.

슬픈 와중에도
슬픈 나를 밀어내지 않을 때,
불안한 가운데서도
불안한 나를 끌어안고 있을 때,
사람은 덜 부서진다.

우리는 종종

자기 감정을 의심한다.

이 정도로 힘들어할 일인가.
괜히 예민한 건 아닐까.
나만 유난 떠는 건 아닐까.

하지만 감정은
사실 여부를 증명하는 보고서가 아니다.

그냥 신호다.

무언가 부담되고 있다는 신호,
지금 속도가 맞지 않는다는 표시,
이 상황이 나에게 중요하다는 증거.

감정을 허락하는 순간,
우리는 더 정확해진다.

무엇이 나를 지치게 하는지,
어디까지가 괜찮고 어디부터 무너지는지,
어떤 관계에서 숨이 막히는지.

그 감정들이
삶의 경계선을 그려준다.

2부를 지나오면서
우리는 아주 느리게
다른 선택을 연습해 왔다.

조금 쉬어보기,
덜 몰아붙이기,
나를 믿어보기,

상처를 존중하기,
사람 곁으로 돌아가기,
하루를 건너가기,
작은 루틴 붙잡기,
자기에게 덜 잔인해지기.

그 모든 것의 바닥에는
이 문장이 깔려 있다.

나는 내가 느끼는 것을
완전히 무시하지 않겠다.

감정을 허락한다는 건
나약해지는 일이 아니다.

오히려 현실을 더 정확하게 읽는 능력이다.

아무렇지 않은 척하면서
안쪽에서 무너지는 것보다,
아프다는 걸 인정하고
조금 천천히 가는 쪽이
훨씬 단단하다.

우리는 감정을 없애는 사람이 아니라,
감정을 다룰 줄 아는 사람이 되어 간다.

몰아내는 대신 바라보고,
판결하는 대신 묻고,
왜 이러지 대신
무슨 일이 있었지라고 말하는 쪽으로.

이 장에서 남기고 싶은 것은
하나의 허락이다.

오늘 마음이 엉망이어도 괜찮다는 허락.
기운이 없어도 괜찮다는 인정.
아직 정리되지 않았어도
계속 살아가도 된다는 승인.

그 허락을
누가 내려주길 기다리지 않아도 된다.

당신이
당신에게 해줄 수 있다.

사람은 감정을 허락할수록
조금 더 자기 편이 된다.

자기 편이 된다는 건
세상과 싸우겠다는 말이 아니라,
세상 속에서
혼자만 등을 돌리지 않겠다는 뜻이다.

2부의 끝에서

2부는
당신을 완전히 바꾸려 하지 않았다.

대신 이런 감각 하나를 남기고 싶었다.

지금의 나도
돌봄을 받을 자격이 있다는 감각.

완벽하지 않아도,
흔들려도,

아직 아파도.

당신은 이미
여기까지 왔다.

그리고 그 사실만으로도
충분히 존중받아야 한다.

회복은 감정에서 시작되지만,
유지는 행동에서 이루어진다.

아무리 자신을 이해해도
하루의 구조가 그대로라면
삶은 다시 예전 궤도로 돌아간다.

우리는 결국
어떻게 아침을 시작하는지,
무엇을 허용하는지,
어디에서 멈추는지,
어떤 말을 반복하는지로
자신의 인생을 만든다.

3부는 거창한 인생 개조를 말하지 않는다.

대신 아주 현실적인 질문을 던진다.

하루의 에너지는 어디서 새고 있는가.
무엇이 나를 소모시키는가.
어디까지 책임지고 어디서 내려놓을 수
있는가.
어떻게 하면 덜 지치고 오래 갈 수 있는가.

이 부에서는
생각보다 행동을,
통찰보다 연습을,
결심보다 구조를 더 중요하게 다룰 것이다.

당신이 약해서 힘든 게 아니라,
버티기엔 너무 오래 같은 방식으로 살아
왔을지도 모른다.

이제는
조금 다른 방식으로 살아볼 차례다.

3부

삶을 다시 설계하는 작은 기술들

25장

에너지를 관리하는 사람들의 공통점

사람들은 흔히 시간을 관리하려 한다.

계획표를 짜고,
일정을 쪼개고,
해야 할 일을 앞당긴다.

하지만 지친 삶의 문제는
대부분 시간보다 에너지에 있다.

하루는 같은 길이인데,
어떤 날은 모든 게 벅차고
어떤 날은 그럭저럭 견딜 만하다.

차이는 능력이 아니라
소모되는 방향이다.

에너지는 세 가지에서 빠져나간다.

첫째, 끝나지 않은 생각들.

이미 지나간 말을 다시 곱씹고,
아직 오지 않은 상황을 미리 걱정하고,
설명하지 않아도 될 장면을
혼자서 계속 재생한다.

몸은 가만히 있는데
마음은 계속 달리고 있다.

그 상태가 길어질수록
사람은 실제보다 훨씬 빨리 지친다.

둘째, 경계 없는 책임.

모든 일을 다 떠안고,
모든 감정을 다 처리하려 들고,
거절하지 못한 약속이 쌓인다.

나는 괜찮다고 말하지만
몸은 이미 과부하를 알고 있다.

에너지는 착한 사람에게서
먼저 바닥난다.

셋째, 회복 없는 몰입.

계속 집중하고,
계속 연결되어 있고,
쉬는 시간에도 머리는 꺼지지 않는다.

휴식이 진짜 휴식이 되지 못할 때,
피로는 다음 날로 이월된다.

그게 반복되면
지침은 기본값이 된다.

에너지를 관리하는 사람들은
특별한 체력이 있어서가 아니다.

그들은
자신이 어디서 빠져나가는지를
비교적 잘 알고 있다.

그리고 아주 작은 조정을 한다.

생각이 폭주할 때는
종이에 적는다.

내일 할 일,
걱정되는 것,
답이 안 나오는 질문.

머리에서 꺼내
눈앞에 두는 것만으로도
뇌는 조금 느려진다.

부담스러운 약속 앞에서는
한 박자 늦춘다.

지금 바로 답하지 않고,
조금 생각해보고 알려줄게라고 말한다.

그 사이
자기 몸에 묻는다.

이거 지금 감당 가능해?

쉬는 시간에는
정말 쉬는 행동을 한다.

누워 있으면서 휴대폰을 보는 게 아니라,
창밖을 보고,
눈을 감고,
몸을 늘이고,
호흡을 느낀다.

짧아도 좋다.

진짜 쉼은
신경계를 내려놓는다.

이 장에서 말하고 싶은 건
더 효율적으로 살자는 게 아니다.

덜 소모되며 살자는 것이다.

모든 것을 잘 해내는 사람이 아니라,
자기 에너지를 바닥까지 쓰지 않는 사람.

그게 오래 가는 사람이다.

어디까지 책임질 것인가.
어떻게 거절할 것인가.
집중을 어떻게 설계할 것인가.
불필요한 자극을 어떻게 줄일 것인가.
관계를 어떻게 정리할 것인가.

삶은 바뀌지 않는다.

다만 구조를 바꾸면
체력이 달라진다.

그리고 체력이 달라지면
인생의 체감 난이도가 바뀐다.

26장

어디까지 책임져야 하는가

사람들은 종종
자기 몫이 아닌 짐까지 짊어진다.

부탁을 거절하지 못하고,
분위기를 깨고 싶지 않고,
실망시키는 사람이 되기 싫어서.

그러다 보면 어느 순간
삶이 무겁다.

왜 이렇게 지쳤는지 정확히 모르겠는데,
늘 어깨에 무언가 얹혀 있는 느낌.

그 무게의 상당 부분은
내가 선택해서 들고 있는 것이다.

책임감은 미덕이다.

일을 맡았으면 끝까지 해내고,
약속을 지키고,

주변을 챙기는 태도는
세상을 굴러가게 한다.

하지만 책임이
경계를 잃는 순간
사람을 잠식한다.

우리는 언제부터
모든 문제에 답해야 한다고 배웠을까.

누군가 힘들어하면
내가 나서야 할 것 같고,
분위기가 가라앉으면
내가 살려야 할 것 같고,

일이 꼬이면
내 탓인 것 같아진다.

그 습관은
자신을 사라지게 만든다.

이 장에서 묻고 싶은 건 이것이다.

이건 정말
내 책임인가.

도와줄 수는 있지만,
대신 살아줄 수는 없는 일.

공감할 수는 있지만,
해결해줄 수는 없는 문제.

그 선을 구분하는 순간
삶의 무게는 달라진다.

책임은
범위가 있다.

내가 한 말,
내가 한 선택,
내가 약속한 일.

그 바깥까지 전부 끌어안으면
에너지는 빠르게 고갈된다.

우리는 종종
도움과 책임을 헷갈린다.

돕는 건 선택이지만,
책임은 의무처럼 느껴진다.

늘 돕는 쪽만 택하면
언젠가는 원망이 생긴다.

왜 나만 이렇게 애쓰지.

그 생각이 나오기 시작했다면
이미 과부하가 걸린 신호다.

경계를 세운다는 건
차갑게 군다는 뜻이 아니다.

상대의 감정을 무시하라는 말도 아니다.

다만 이렇게 말하는 것이다.

여기까지는 내가 할 수 있고,
여기서부터는 네 몫이다.

그 문장은
관계를 망치기보다
오히려 오래 가게 만든다.

현실적인 연습이 있다.

부탁을 받았을 때

즉시 대답하지 않는 것.

잠깐 생각해볼게.

그 한 문장이
자기 몸을 확인할 시간을 준다.

이걸 하면 오늘이 무너질까.
이미 너무 많은 걸 안고 있지 않나.

거절은 설명문이 아니다.

우리는 종종
거절하면서도 장문의 변명을 붙인다.

그건 상대를 존중해서라기보다
죄책감을 줄이기 위해서다.

짧아도 된다.

이번엔 어렵다.
지금은 여력이 없다.

그 말만으로도 충분하다.

책임을 줄이는 게 아니라
정확하게 만드는 것이다.

내가 맡은 몫은 끝까지 하되,
남의 인생까지 관리하려 들지 않는 것.

그게 오래 가는 태도다.

책임에서 한 발 물러난다고
사람이 나빠지는 건 아니다.

오히려 자신을 지킬 줄 아는 사람은
타인도 덜 소모시킨다.

늘 희생하는 사람보다,
자기 한계를 아는 사람이

관계에서는 더 안전하다.

우리는 어디까지 책임져야 하는가.

내가 선택한 것까지.

내가 약속한 것까지.

내가 감당할 수 있는 범위까지.

그 너머는
도움이 될 수는 있어도
짐이 될 필요는 없다.

27장

거절하는 연습

사람들은 거절을 나쁜 일로 배웠다.

부탁을 들어주지 않으면 냉정한 사람 같고,
선을 그으면 이기적으로 보일까 봐,
"미안해"라는 말을 먼저 꺼내지 않으면
어딘가 잘못된 사람처럼 느낀다.

그래서 많은 사람들은
거절을 결정하기도 전에
이미 죄책감을 느낀다.

거절이 어려운 이유는 단순하지 않다.

우리는 관계를 잃고 싶지 않고,
분위기를 망치고 싶지 않고,
실망시키는 사람이 되기 싫다.

그 마음은 이해할 수 있다.

하지만 매번 나만 접으면

관계는 유지될지 몰라도
나는 점점 사라진다.

거절은 공격이 아니다.

상대를 밀어내는 행동이 아니라,
자기 한계를 드러내는 표현이다.

나는 이것까지는 가능하고,
이건 어렵다는 정보 전달.

그게 관계를 무너뜨리지는 않는다.

오히려 계속 무리하는 쪽이
관계를 조금씩 갉아먹는다.

우리는 종종
거절하면서도 스스로를 깎아내린다.

내가 부족해서 그런데…
내가 능력이 없어서…

그 문장은 불필요하다.

거절은 변명이 아니라 선택이다.

거절을 연습할 때 중요한 건
짧고 분명하게 말하는 것이다.

지금은 어렵습니다.
이번에는 참여하지 않겠습니다.
그건 제가 맡기 힘든 일입니다.

설명을 덧붙이고 싶어질수록
죄책감이 크다는 신호일지도 모른다.

거절에도 호흡이 있다.

갑작스럽게 끊지 않아도 된다.

조금 생각해보고 답해도 될까요.

그 한 문장이
나에게 시간을 벌어준다.

그리고 그 사이 몸에 묻는다.

이걸 하면
다음 날까지 숨이 막히지 않을까.

우리는 거절한 뒤에도

머릿속에서 계속 복기한다.

너무 차갑게 말한 건 아닐까.
기분 상했을까.
다시는 부탁 안 하려나.

그건 자연스럽다.

하지만 모든 반응을
내가 통제할 수는 없다.

내가 책임질 것은
상대의 감정이 아니라
나의 한계다.

거절이 서툴수록
작은 연습부터 하면 된다.

식당에서 잘못 나온 메뉴 말하기,
회의 일정 바꾸기 요청하기,
무리한 부탁에 하루 뒤 답하겠다고 말하기.

작은 '아니오'가 쌓여야
큰 '아니오'도 말할 수 있다.

이 장에서 말하고 싶은 것은

차가워지라는 게 아니다.

자기 자신에게
조금 덜 가혹해지자는 것이다.

늘 맞춰주는 사람이 아니라,
자기 상황을 고려할 줄 아는 사람.

그 태도가
사람을 오래 살게 한다.

거절은
관계를 끝내는 기술이 아니라,
관계를 계속할 수 있게 만드는 기술이다.

무너지기 직전까지 참다가
폭발하는 것보다,
미리 선을 긋는 편이 훨씬 덜 상처 난다.

우리는 거절을 통해
자기 자신을 배신하지 않는 연습을 한다.

모두를 만족시키는 대신,
나를 완전히 소외시키지 않는 선택.

그게 성숙이다.

28장

집중력을 다시 만드는 법

우리는 스스로를 자주 탓한다.

왜 이렇게 집중을 못 하지.
왜 조금만 하면 휴대폰을 보게 되지.
왜 머리가 자꾸 딴 데로 가는지.

하지만 집중이 무너진 건
대부분 개인의 의지가 약해서가 아니다.

우리의 환경이
계속 주의를 잘게 쪼개도록 설계돼 있기 때문이다.

알림, 메시지, 뉴스, 영상, 일정.

머리는 쉴 틈 없이 호출당한다.

집중이란
원래 길게 유지되는 상태가 아니다.

인간의 뇌는

위험을 감지하고, 변화를 찾고, 소리에 반응하도록 만들어졌다.

문제는
그 본능이 하루 종일 자극받고 있다는 점이다.

그래서 우리는 피곤하고,
산만해지고,
일이 많은 것도 아닌데
진이 빠진다.

집중을 회복하는 첫 번째 단계는
더 열심히 하겠다고 다짐하는 게 아니다.

환경을 조정하는 것이다.

의지는 쉽게 닳지만,
구조는 우리를 도와준다.

아주 현실적인 질문 하나부터 시작해보자.

지금 당신의 책상 위에는
얼마나 많은 것이 열려 있는가.

열려 있는 창,
켜져 있는 탭,

옆에 놓인 휴대폰.

눈에 보이는 선택지가 많을수록
뇌는 계속 결정을 해야 한다.

그 결정 피로가
집중을 갉아먹는다.

그래서 첫 연습은 단순하다.

지금 하지 않을 것들을 치운다.

창을 닫고,
불필요한 탭을 끄고,
휴대폰은 뒤집어 두거나
시야 밖에 둔다.

그것만으로도
주의는 조금 덜 찢어진다.

집중을 방해하는 가장 큰 적은
완벽주의다.

이걸 제대로 해야 해.
한 번에 끝내야 헤.

그 생각이
시작을 늦추고,
중간에 자꾸 다른 데로 도망치게 만든다.

그래서 집중은
완벽함보다 착수가 중요하다.

딱 10분만 하겠다고 정하는 것.

끝내겠다고 말하지 말고,
시작하겠다고 말하는 쪽이
훨씬 쉽다.

시간을 덩어리로 나누는 것도 도움이 된다.

25분 집중, 5분 쉬기.
45분 몰입, 10분 이동.

중요한 건
쉬는 시간에도 진짜 쉬는 것이다.

뉴스를 읽고, 메시지를 확인하고,
다시 자극을 넣으면
뇌는 내려오지 못한다.

그럴 땐
눈을 감고,
몸을 움직이고,
창밖을 보는 게 낫다.

집중은 마음만의 문제가 아니라
몸의 상태와 깊이 연결돼 있다.

잠이 부족하면
주의는 쉽게 새고,
배가 고프면
생각은 짧아진다.

물을 마시고,
잠깐 일어나고,
어깨를 풀어주는 것.

그 작은 관리가
집중의 토대를 만든다.

우리는 종종
멀티태스킹을 능력이라고 착각한다.

하지만 실제로는
작업 사이를 빠르게 옮겨 다니는 것일 뿐이다.

그 전환 비용이
생각보다 크다.

집중을 회복하는 사람들은
한 번에 하나를 고른다.

지금 이 시간에
이것만 한다고 정하는 것.

이 장에서 말하고 싶은 건
초인처럼 몰입하라는 게 아니다.

산만해져도 다시 돌아올 수 있는 구조를 만드는 것이다.

흩어졌다는 걸 알아차리고,
다시 하나로 모으는 힘.

그게 현실적인 집중력이다.

집중이 잘 되는 날보다 중요한 건
집중이 흐트러진 날에도
포기하지 않는 태도다.

오늘은 30분밖에 못 했어도,
그래도 시작했다는 사실.

그 기록이 쌓이면
자기 신뢰가 다시 생긴다.

집중을 다시 만든다는 건
삶을 단순하게 만드는 연습이기도 하다.

지금 이 순간에
너무 많은 것을 들고 있지 않은지 묻는 것.

줄일 수 있는 게 있다면
하나 내려놓는 것.

그 여백에서
깊이가 자란다.

29장

자극을 줄이는 삶

우리는 거의 쉬지 않는다.

몸은 의자에 앉아 있는데
머리는 늘 어디론가 달려가고 있다.

알림, 뉴스, 영상, 메시지, 일정.

눈을 뜨는 순간부터
잠들기 직전까지
무언가가 계속 들어온다.

그 자극들은 하나하나 크지 않지만,
하루가 끝나면
이유 없는 피로가 남는다.

자극이 많아질수록
사람은 예민해진다.

사소한 말에 오래 걸리고,
별일 아닌 일에도 쉽게 지치고,

결정 하나에도 시간이 늘어난다.

정보가 많아졌기 때문이 아니라,
뇌가 계속 경계 상태에 있기 때문이다.

우리는 종종
더 많이 알아야 뒤처지지 않는다고 믿는다.

뉴스를 놓치면 안 될 것 같고,
메시지를 바로 답하지 않으면 무례할 것 같고,
SNS를 끊으면 세상과 멀어질 것 같다.

하지만 대부분의 자극은
꼭 지금 당장 알 필요는 없다.

자극을 줄인다는 건
세상에서 도망치는 게 아니다.

나를 지키는 방향으로
입구를 조정하는 일이다.

무엇을 들일지,
어디까지 열어둘지,
내 하루에 누가 들어올지.

그 선택권을
조금 되찾는 것이다.

아주 현실적인 시작은
아침과 밤이다.

눈 뜨자마자 휴대폰을 잡는 대신
물부터 마시고,
창문을 열고,
숨을 한 번 깊게 쉬는 것.

잠들기 전에는
마지막으로 보는 화면을
조금 일찍 닫는 연습.

그 10분이
신경계를 내려놓는다.

알림은 생각보다 많은 결정을 만든다.

진동 하나에
집중이 끊기고,
생각이 튀고,

다시 돌아오는 데 시간이 걸린다.

꼭 필요한 것만 남기고
나머지는 꺼 두는 것.

그것만으로도
하루의 밀도가 달라진다.

정보 다이어트도 필요하다.

모든 뉴스를 다 보지 않아도 되고,
모든 논쟁에 의견을 가질 필요도 없다.

내가 아무것도 모르는 사이에
세상이 무너지는 일은 드물다.

대부분의 삶은
조용히 흘러간다.

사람 관계에서도
자극은 생긴다.

계속 비교하게 만드는 사람,
만나고 나면 유난히 지치는 자리,
괜히 나를 작게 느끼게 하는 대화.

그런 자극 앞에서는

거리를 조금 조정해도 된다.

멀어지라는 말이 아니라,
자주 노출되지 않아도 된다는 뜻이다.

이 장에서 말하고 싶은 건
미니멀하게 살라는 선언이 아니다.

내 신경계를 존중하자는 제안이다.

너무 많은 소리 속에서
살고 있다는 사실을
인정하는 것부터 시작하자는 이야기다.

자극을 줄이면
공간이 생긴다.

생각이 느려지고,
몸이 내려오고,
감정이 또렷해진다.

그 공간에서
우리는 다시 묻는다.

이게 정말 필요한가.

이건 나를 살리는가.

우리는 더 많은 걸 얻으려다
자기 자신을 잃을 때가 많다.

하지만 덜 들이면
덜 무너진다.

덜 흔들리고,
덜 소모되고,
조금 더 나로 남는다.

30장

관계를 다시 정리하는 용기

사람들은 관계를 끝내는 데만 용기가 필요하다고 생각한다.

하지만 사실 더 어려운 건
관계를 정리하는 일이다.

갑자기 끊어내는 것도 아니고,
아무 일 없는 척 버티는 것도 아닌 상태.

거리, 빈도, 기대, 역할.

그 미묘한 선을 다시 그리는 일은
생각보다 많은 에너지를 요구한다.

우리는 종종
관계를 생존 전략으로 삼는다.

혼자 되지 않기 위해,
뒤처지지 않기 위해,
미움받지 않기 위해.

그래서 이미 버거운 관계도
쉽게 놓지 못한다.

하지만 모든 관계가
같은 깊이를 유지해야 하는 건 아니다.

어떤 관계는 가까워야 하고,
어떤 관계는 느슨해야 하고,
어떤 관계는 인사만으로 충분하다.

모든 문을 활짝 열어두면
집은 금방 소란스러워진다.

관계를 정리한다는 건
사람을 평가절하하는 일이 아니다.

좋았던 시간을 부정하는 것도 아니다.

지금의 나에게
이 관계가 어떤 영향을 주는지를
다시 묻는 것이다.

이 사람을 만나고 나면
몸이 어떻게 변하는가.

조금 가벼워지는가,
아니면 이유 없이 긴장하는가.

말이 많아지는가,
혹은 자꾸 설명하고 있는가.

그 반응은
생각보다 정확하다.

우리는 종종
불편함을 사소한 문제로 치부한다.

내가 예민해서 그래.
사회생활이니까 참아야지.

하지만 불편함이 오래 지속된다면
그건 신호다.

관계가 지금의 나를
지치게 하고 있다는 증거.

정리는 대단한 선언으로 시작하지 않는다.

연락 빈도를 줄이고,
모임을 가끔 빠지고,

내 이야기를 덜 꺼내고,
경계를 조금 더 분명히 하는 것.

그 작은 조정들이
관계의 온도를 바꾼다.

우리는 모든 관계에서
같은 사람이 될 필요가 없다.

어디에서는 웃는 역할,
어디에서는 들어주는 역할,
어디에서는 해결사 역할.

그 역할이 너무 무거워졌다면
내려놓아도 된다.

관계를 정리하는 데
죄책감을 느끼는 사람일수록
타인의 기대를 오래 안고 산다.

하지만 기대는
항상 양방향이어야 한다.

나만 계속 맞추는 구조는
언젠가 무너진다.

이 장에서 말하고 싶은 건
차갑게 떠나라는 이야기가 아니다.

다만 스스로에게 묻자는 것이다.

이 관계를 계속 이 밀도로 유지하면
나는 몇 달 뒤 어떤 상태일까.

그 질문은
미래의 나를 보호한다.

관계를 줄이면
사람이 외로워질까 봐 걱정한다.

하지만 정리된 관계는
오히려 깊어진다.

억지로 유지하던 연결을 내려놓으면
남은 관계에 숨 쉴 공간이 생긴다.

관계는 숫자가 아니라
호흡이다.

많을수록 좋은 게 아니라,
편히 숨 쉴 수 있는지가 중요하다.

우리는 살아가면서
여러 번 관계를 다시 배열한다.

환경이 바뀌고,
내가 변하고,
삶의 우선순위가 달라질 때마다.

그건 실패가 아니라
성장이다.

관계를 정리한다는 건
사람을 버리는 게 아니라,
자기 삶을 다시 배치하는 일이다.

어디에 에너지를 쓰고,
어디에서 회복하고,
어디에서 숨을 고를지 정하는 것.

3부를 지나며
우리는 배웠다.

에너지를 관리하는 법,
책임의 범위를 정하는 일,
거절하는 연습,
집중을 회복하는 구조,

자극을 줄이는 선택.

그리고 이제
관계를 다시 놓는 법까지.

이건 이기심이 아니라
지속 가능성이다.

관계를 정리하는 용기는
떠나겠다는 결심이 아니라,
내 삶을 지키겠다는 선언이다.

조금 덜 무너지기 위해,
조금 더 오래 살아가기 위해.

31장

기대에서 내려오는 법

사람은 생각보다
많은 기대 위에서 산다.

타인의 기대,
조직의 기대,
가족의 기대,
그리고 무엇보다
스스로에게 씌운 기대.

잘해야 한다.
실망시키면 안 된다.
뒤처지면 안 된다.
버려지면 안 된다.

그 문장들은
목소리를 내지 않아도
하루 종일 우리를 밀어붙인다.

우리는 종종
기대를 목표와 헷갈린다.

목표는 내가 선택한 방향이지만,
기대는 남의 시선에서 시작되는 경우가 많다.

그 차이를 놓치면
삶은 금방 숨이 가빠진다.

왜 우리는
기대에 그렇게 민감할까.

인정받고 싶기 때문이다.

존재가 괜찮다는 신호를
밖에서 얻고 싶어서다.

그 마음은 약함이 아니라
아주 인간적인 욕망이다.

문제는
그 인정이 끊기는 순간
나 자신도 무너지는 구조다.

기대에 맞추는 삶은
처음엔 안전해 보인다.

칭찬이 있고,

역할이 생기고,
자리가 유지된다.

하지만 오래 지속되면
자기 기준이 흐려진다.

나는 뭘 원하는지보다
사람들이 나에게서 뭘 원하는지가
먼저 떠오른다.

그 상태가 길어지면
몸이 먼저 반응한다.

괜히 피곤하고,
사소한 말에 예민해지고,
쉬는 날에도 마음이 풀리지 않는다.

그건 게으름이 아니라
과잉 적응의 증상이다.

기대에서 내려온다는 건
모든 요구를 거절하겠다는 말이 아니다.

사회에서 살아가는 한
우리는 서로의 기대를 어느 정도 감당한다.

하지만 질문은 이것이다.

이 기대를 계속 안고 가면
나는 어디까지 버틸 수 있는가.

현실적인 연습이 있다.

무언가를 결정하기 전에
이렇게 묻는 것이다.

이건 내가 원해서 하는 건가,
아니면 실망시키기 싫어서 하는 건가.

그 질문은
선택의 무게를 바꾼다.

우리는 종종
자기 기준을 설명할 때
미안함부터 꺼낸다.

죄송한데요…
제가 부족해서요…

그 말은 필요 없다.

기준은 변명이 아니다.

지금은 이 정도까지가 제 한계입니다.

그 문장은
무례하지 않다.

정직하다.

기대에서 내려오는 순간
세상이 무너질 것처럼 느껴질 때가 있다.

관계가 틀어질 것 같고,
평판이 나빠질 것 같고,
기회가 사라질 것 같다.

하지만 놀랍게도
대부분의 세계는
그렇게 쉽게 붕괴하지 않는다.

그리고 정말로
그 선택 하나로 무너지는 관계가 있다면,
그 관계는 애초에
당신의 희생 위에만 서 있었을 가능성이 크다.

이 장에서 말하고 싶은 건
이기적으로 살라는 이야기가 아니다.

자기 기준 없이 살지 말자는 말이다.

늘 조율하는 사람보다,
어디까지 가능한지를 아는 사람이
오래 간다.

기대에서 내려오는 연습은
자기 자신에게 돌아오는 연습이다.

남의 시선이 아니라,
내 체력과 감정과 시간으로
삶을 설계하는 쪽으로.

우리는 평생
모든 기대를 충족시킬 수 없다.

그리고 그건 실패가 아니다.

그건 현실이다.

현실을 받아들이는 순간,
삶은 조금 가벼워진다.

32장

나의 기준을 다시 세우는 일

사람은 어느 순간부터
자기 기준보다
타인의 기준에 더 익숙해진다.

어떻게 해야 무난한지,
어디까지 맞춰야 안전한지,
어떤 선택이 욕먹지 않는지.

그 계산이 먼저 떠오르면
삶은 조금씩 내 것이 아니게 된다.

기준이 흐려질수록
결정은 늘 늦어진다.

무엇을 먹을지,
어디로 갈지,
어떤 제안을 받을지.

모든 게 부담이 된다.

틀리면 안 된다는 생각이
선택을 무겁게 만든다.

나의 기준을 세운다는 건
모든 걸 혼자 결정하겠다는 선언이 아니다.

타인의 조언을 듣되,
마지막 판단을 내가 하는 상태.

그 균형이
삶을 다시 가볍게 만든다.

우리는 종종
자기 기준을 갖는 걸

이기적인 일로 오해한다.

하지만 기준이 없을수록
사람은 더 쉽게 흔들린다.

그때그때 주변 기류에 따라 움직이면
에너지는 계속 새어 나간다.

기준을 세우기 위해
먼저 알아야 할 건

나의 상태다.

지금 체력은 어떤지,
이 일정이 들어오면 며칠을 회복해야 하는지,
이 사람을 만나고 나면 기운이 남는지 빠지는지.

그 감각을 무시한 기준은
오래 가지 못한다.

현실적인 질문을 하나 던져보자.

이 선택을 하면
나는 조금 더 살 것 같은가,
아니면 버티게 될 것 같은가.

설렘보다 중요한 건
지속 가능성이다.

기준은 하루아침에 완성되지 않는다.

실수하면서 조정되고,
지나고 나서 보완되고,
어느 순간 안정된다.

중요한 건

완벽한 기준이 아니라
나에게 맞는 기준이다.

우리는 종종
남의 성공 방식을 그대로 들여온다.

아침형 인간이 되어야 할 것 같고,
부지런해야 인정받을 것 같고,
항상 열정적이어야 뒤처지지 않을 것 같다.

하지만 모든 삶이
같은 리듬으로 작동하지는 않는다.

기준을 세운다는 건
자기 리듬을 존중하는 일이다.

빠른 사람도 있고,
느린 사람이 있고,
혼자가 편한 날도 있고,
사람 속에 있어야 회복되는 날도 있다.

그 차이를 인정하는 순간
비교는 힘을 잃는다.

이 장에서 말하고 싶은 건

대단한 인생 철학이 아니다.

당신이 이미 느끼고 있는
불편함과 피로를
신호로 받아들이라는 이야기다.

그 신호들이
당신의 기준이 된다.

기준이 분명해질수록
거절이 쉬워지고,
선택이 단순해지고,
후회가 줄어든다.

모두를 만족시키려는 삶에서
조금 물러날 수 있다.

나의 기준을 세운다는 건
미래의 나를 배려하는 일이다.

오늘의 결정을
내일의 내가 감당할 수 있도록.

그 감각이 쌓이면
삶은 덜 흔들린다.

33장

느리게 사는 용기

우리는 너무 빨리 산다.

아직 숨이 돌아오기도 전에
다음 일정이 기다리고,
하나를 끝내기도 전에
다음 일을 떠올린다.

가만히 있어도
머릿속에서는 체크리스트가 흘러간다.

빠르게 사는 삶은
처음엔 효율처럼 보인다.

많이 해내는 사람,
바쁜 사람,
쉬지 않는 사람.

그런 이미지가
능력처럼 취급된다.

하지만 속도가 계속 높아지면
삶은 점점 얕아진다.

깊이보다 처리량이 먼저 온다.

느리게 산다는 건
게을러진다는 뜻이 아니다.

속도를 의도적으로 조절하는 능력이다.

지금 이 순간에
몸과 마음을 함께 데려오는 일.

우리는 종종
멈추는 걸 실패처럼 느낀다.

쉬면 뒤처질 것 같고,
속도를 줄이면 밀릴 것 같고,
잠시 서 있으면 불안해진다.

그 불안이
우리를 더 빨리 걷게 만든다.

하지만 몸은
이미 한계를 알고 있다.

집중이 끊기고,
사소한 일에 짜증이 늘고,
아무리 자도 피곤하다면.

그건 의지가 부족해서가 아니라
속도가 너무 빠르다는 신호다.

느리게 사는 첫 연습은
속도를 눈에 보이게 줄이는 것이다.

걸음을 조금 늦추고,
음식을 천천히 씹고,
대답하기 전에 한 박자 쉬고,
일정 사이에 빈칸을 남기는 것.

그 작은 감속이
신경계를 내려놓는다.

우리는 멀티태스킹을
능력으로 착각한다.

하지만 대부분의 경우
집중이 쪼개지고
회복이 늦어진다.

하나씩 하는 삶은
느린 게 아니라
깊다.

이 장에서 말하고 싶은 건
세상과 싸우듯 살지 말자는 것이다.

항상 앞서가야 한다는 긴장 속에서
하루를 보내지 말자는 이야기다.

느리게 살면
보이는 게 달라진다.

하늘 색,
나무 그림자,
사람의 표정.

빠를 때는 지나쳤던 것들이
천천히 걸을 때 들어온다.

속도를 낮추면
자기 기준이 더 잘 들린다.

이건 지금 아닌 것 같다.
조금 쉬어야겠다.

이 관계는 숨이 막힌다.

그 감각은
속도가 느릴수록 선명해진다.

느리게 산다는 건
인생을 포기하는 게 아니라,
인생을 제대로 만나는 태도다.

도착만을 향해 달리다 보면
지나가는 자신을 놓친다.

우리는 모두
어떤 구간에서는
속도를 늦춰야 한다.

그건 후퇴가 아니라
조정이다.

지금의 페이스가
평생 갈 수 있는지 묻는 일.

느리게 사는 용기는
남과 다른 속도를 선택하는 용기다.

모두가 뛰고 있을 때
잠시 걸어도 된다고 말하는 힘.

그 힘이
삶을 오래 지속시킨다.

34장

혼자 있는 시간의 힘

사람들은 혼자 있는 시간을
종종 실패처럼 느낀다.

주말에 약속이 없으면
어딘가 뒤처진 것 같고,
혼자 밥을 먹으면
설명해야 할 것 같은 기분이 든다.

하지만 혼자 있는 시간은
결핍이 아니라 기능이다.

인간에게 필요한
회복의 공간이다.

우리는 너무 오래
사람 속에서만 살아왔다.

연결되어 있어야 안심하고,
응답해야 예의 바르고,
관계가 많을수록 괜찮은 사람처럼 보이는 구조.

그 속도는
혼자의 시간을 사치로 만든다.

하지만 마음은
비워야 다시 채워진다.

계속 말하고, 맞추고, 반응하고 있으면
내가 무엇을 느끼는지조차 희미해진다.

혼자 있는 시간은
자기 자신을 다시 듣는 시간이다.

고독과 외로움은 다르다.

외로움은
연결을 원하지만 닿지 못할 때 생기고,

고독은
스스로와 함께 머무를 수 있을 때 생긴다.

혼자 있는 시간이
곧 외로움은 아니다.

그 시간에 내가 나를 어떻게 대하느냐가
결과를 만든다.

혼자의 시간을 두려워하는 이유는
생각이 커지기 때문이다.

조용해지면
미뤄두었던 감정들이 올라오고,
정리하지 않은 질문들이 떠오른다.

그래서 우리는 다시
사람 속으로 도망친다.

하지만 감정은
보지 않을수록 커진다.

잠깐이라도 마주하면
오히려 약해진다.

혼자 있는 시간은
문제를 키우는 공간이 아니라
정리하는 공간이 될 수 있다.

혼자 있는 시간을 잘 쓰는 사람들은
그 시간을 성과로 채우지 않는다.

더 공부하고,
계획을 세우고,

미래를 조정하는 데만 쓰지 않는다.

그보다 먼저
쉰다.

몸을 내려놓고,
아무것도 하지 않고,
산책하고,
숨을 고른다.

이 장에서 말하고 싶은 건
혼자 있으라는 명령이 아니다.

혼자가 되어도 괜찮아지는 힘을 기르자는 이야기다.

그 힘이 생기면
사람 속에서도 덜 흔들린다.

혼자 있는 시간은
자존감을 조용히 회복시킨다.

남의 반응 없이도 괜찮은 상태.

비교하지 않아도 버틸 수 있는 시간.

그 축이 생기면
관계는 덜 불안해진다.

우리는 평생
혼자와 함께를 오간다.

붙어 있는 시간도 필요하고,
떼어 놓는 시간도 필요하다.

문제는 균형이다.

어디서 충전하고,
어디서 소모되는지.

혼자 있는 시간을 존중하는 사람은
타인의 침묵도 존중한다.

항상 설명을 요구하지 않고,
늘 함께하려 들지 않고,
각자의 리듬을 인정한다.

그 태도가
관계를 더 건강하게 만든다.

혼자 있는 시간은

도망이 아니다.

세상을 다시 만날 힘을
비축하는 순간이다.

35장

감사가 삶을 바꾸는 방식

사람들은 감사라는 말을 들으면
종종 부담을 느낀다.

힘든데 감사하라니,
아픈데 긍정하라니.

그래서 감사는
현실을 부정하는 말처럼 들릴 때가 있다.

하지만 여기서 말하는 감사는
모든 게 괜찮다고 속이는 태도가 아니다.

있는 그대로의 삶 속에서
붙잡을 수 있는 것 하나를 찾는 감각이다.

감사는 기분이 좋을 때만 가능한 것이 아니다.

오히려 버거운 시기에
더 현실적인 기술이 된다.

모든 게 엉망인 날에도
아직 숨 쉬고 있다는 사실,
따뜻한 물이 나오고,
몸을 누일 공간이 있다는 것.

그 작은 사실들이
하루를 무너지지 않게 붙든다.

우리는 자연스럽게
없는 것을 먼저 본다.

부족한 점,
뒤처진 부분,
잘 안 되는 일.

그 시선은 생존에 유리했기 때문이다.

위험을 먼저 감지하는 뇌는
결핍에 민감하다.

하지만 그 습관이 그대로 굳어버리면
삶 전체가 모자라 보이기 시작한다.

감사는 시선을 훈련하는 일이다.

문제를 덮지 않고,
고통을 축소하지 않으면서도,
그 와중에 남아 있는 것을 보는 연습.

이 두 가지를 동시에 하는 힘이다.

감사를 연습하는 가장 쉬운 방법은
하루 끝에 하나를 적는 것이다.

대단한 사건이 아니어도 된다.

햇빛이 좋았다.
커피가 따뜻했다.
누군가 문을 잡아줬다.

그 사소한 기록이
뇌의 초점을 조금 바꾼다.

우리는 종종
감사를 의무로 만든다.

이 정도면 고마워해야지.

그 말은
감사를 강요로 바꾼다.

감사는 비교에서 나오지 않는다.

누군가보다 낫기 때문에 느끼는 게 아니라,
지금 여기에 있는 사실에서 나온다.

이 장에서 말하고 싶은 건
더 만족하라는 이야기가 아니다.

이미 있는 삶을
덜 적대적으로 바라보자는 제안이다.

세상을 상대로
항상 부족하다고 느끼며 살지 말자는 이야기다.

감사는 삶을 갑자기 바꾸지 않는다.

문제를 지워주지도 않는다.

다만 하루의 톤을 조금 낮춘다.

극단으로 치닫는 생각을 완화하고,
숨을 한 번 더 쉽게 만든다.

그 미세한 변화가
삶의 체력을 늘린다.

우리는 감사를 통해
자기 자신을 덜 미워하게 된다.

여기까지 온 나,
그래도 포기하지 않은 나.

그 인식이 쌓이면
자기 존중이 다시 자란다.

감사는 기쁨만을 위한 기술이 아니다.

버티기 위한 기술이다.

완벽하지 않은 날을
그대로 통과하기 위한 방식이다.

36장

지금 여기에 머무는 법

사람은 대부분
지금이 아닌 곳에서 산다.

어제 했던 말,
그때 왜 그렇게 행동했는지,
다음에 닥칠 일,
아직 오지 않은 걱정.

몸은 현재에 있지만
마음은 늘 다른 시간에 떠 있다.

그래서 하루가 지나가도
살았다는 느낌이 옅다.

지금 여기에 머문다는 건
특별한 깨달음을 얻는 일이 아니다.

생각을 멈추게 만드는 기술도 아니고,
아무것도 느끼지 않는 상태도 아니다.

다만
지금 이 순간에
내가 무엇을 느끼고 있는지를
알아차리는 일이다.

우리는 괴로울수록
시간을 벗어나려 한다.

과거를 붙잡고 후회하고,
미래를 끌어와 불안을 키운다.

그 사이에서
현재는 조용히 사라진다.

지금 여기에 머무는 가장 단순한 방법은
몸으로 돌아오는 것이다.

숨이 어떻게 드나드는지,
발바닥이 바닥에 닿는 감각,
어깨에 힘이 들어가 있는지.

그 감각은
생각보다 빠르게
우리를 현재로 데려온다.

우리는 하루에도 몇 번씩
자기 자신을 놓친다.

대답하면서 딴생각을 하고,
먹으면서 화면을 보고,
걷다가도 다음 일을 계산한다.

그 순간마다
삶은 조금씩 흐릿해진다.

이 장에서 말하고 싶은 건
항상 깨어 있으라는 주문이 아니다.

흩어졌다는 걸
알아차릴 수 있으면 충분하다.

아, 지금 딴 데 가 있었구나.

그 인식 하나가
다시 돌아오는 출발점이다.

현재에 머문다는 건
현실을 견디는 힘이기도 하다.

도망치지 않고,

앞당겨 망하지 않고,
지금의 무게를 지금의 크기로만 드는 것.

그 태도는
삶을 과장하지 않는다.

우리는 많은 경우
문제가 아니라
문제에 붙인 상상에 지친다.

아직 오지 않은 실패,
끝나지 않은 관계,
확인되지 않은 결과.

지금 여기에 돌아오면
견뎌야 할 건
언제나 하나뿐이다.

이 순간.

현재에 머무는 연습은
삶을 느리게 만든다기보다
삶을 선명하게 만든다.

소리가 또렷해지고,

표정이 보이고,
몸의 신호가 들린다.

그 감각은
스스로를 돌보는 시작이다.

3부에서 우리는
삶을 다루는 기술들을 배웠다.

덜 떠안고,
덜 자극받고,
덜 비교하고,
덜 흔들리는 방향으로.

그 모든 기술은
결국 한곳을 향한다.

지금의 나.

지금 여기에 머문다는 건
대단한 사람이 되겠다는 결심이 아니다.

오늘을 조금 덜 흘려보내겠다는 선택이다.

대충 넘기지 않고,

자동으로 살지 않고,
이 하루를 한 번 더 느끼는 것.

우리는 평생
현재로 돌아오는 연습을 한다.

완벽하게 머무는 날보다,
흩어졌다 돌아오는 날이 훨씬 많다.

그 반복이
삶을 만든다.

지금 여기에 머문다는 건
삶을 통제하는 일이 아니라,
삶과 다시 접촉하는 일이다.

나를 잃지 않기 위해,
하루를 통째로 건너뛰지 않기 위해.

3부 끝.

4부

잘 버티는 사람이 아니라,
잘 살아내는 사람

|

우리는 어떤 삶을 살고 싶은가

흔들릴 때 돌아오는 중심

삶을 다시 설계하는 순간

끝이 아니라 시작

37장

우리는 어떤 삶을 살고 싶은가

여기까지 온 사람은
이미 많이 버렸다.

관계를 조정했고,
기대를 내려놓았고,
속도를 늦췄고,
혼자를 견뎠고,
현재로 돌아오는 연습을 했다.

이건 쉬운 선택들이 아니다.

대부분의 사람은
이 질문을 피하며 산다.

나는 어떻게 살고 싶은가.

우리는 보통
이 질문 대신 다른 걸 묻는다.

어떻게 성공할까.

어떻게 뒤처지지 않을까.
어떻게 덜 욕먹을까.
어떻게 안전해질까.

그 질문들은 전부
외부 기준에서 출발한다.

하지만 삶이 길어질수록
이 질문은 점점 힘을 잃는다.

그때 등장하는 게
이 질문이다.

나는 어떤 하루를 견딜 수 있는가.

좋은 삶이란
항상 행복한 삶이 아니다.

늘 들뜨고,
늘 만족하고,
늘 확신에 찬 상태.

그건 인간에게 불가능하나.

좋은 삶은 오히려

회복 가능한 삶이다.

무너져도 다시 일어설 수 있고,
흔들려도 중심을 찾고,
지쳐도 돌아올 자리가 있는 삶.

이 책에서 반복해온 모든 이야기는
결국 하나로 모인다.

에너지를 관리하는 법,
경계를 세우는 기술,
관계를 정리하는 용기,
느림을 선택하는 태도,
현재로 돌아오는 연습.

전부
삶을 오래 살기 위한 장치들이다.

타지 않고,
소모되지 않고,
나를 잃지 않고 살아가기 위한 구조.

우리는 종종
인생을 극단으로 밀어붙인다.

완벽하게 살거나,
전부 포기하거나.

하지만 대부분의 삶은
그 중간에서 이루어진다.

덜 무너지면서,
조금씩 방향을 잡으면서,
오늘을 통과하는 방식.

그게 진짜다.

좋은 삶은
거창한 목표에서 시작되지 않는다.

아침에 눈을 떴을 때
오늘이 감당 가능한 하루인지 느끼는 것.

일정표를 볼 때
숨이 막히는지,
조금 여지가 있는지 확인하는 것.

그 감각이
삶의 방향타다.

우리는 앞으로도
계속 흔들릴 것이다.

완벽해지는 날은 오지 않는다.

하지만 흔들릴 때마다
돌아올 수 있는 질문은 만들 수 있다.

이 선택은
나를 살리는가,
아니면 소모하는가.

이 장에서 가장 중요한 문장은 이것이다.

나는 어떤 삶을 유지할 수 있는 사람인가.

대단해 보이는 삶보다,
존경받는 이미지보다,
버틸 수 있는 구조가 더 중요하다.

삶의 기준이 바뀌면
성공의 정의도 바뀐다.

더 높이 올라가는 게 아니라,
오래 무너지지 않는 쪽으로.

더 많이 가지는 게 아니라,
덜 흔들리는 쪽으로.

더 인정받는 게 아니라,
나를 배신하지 않는 쪽으로.

우리는 결국
자기 자신과 함께 살아야 한다.

어디로 도망가도
마지막에 남는 사람은
나이기 때문이다.

그래서 삶의 설계는
타인을 만족시키기 위한 전략이 아니라,
자기 자신과 오래 공존하기 위한 선택이어야 한다.

4부는
그 선택을 끝까지 밀어붙인다.

마지막 네 장은
'잘 버티는 사람'이 아니라
'잘 살아내는 사람'이 되는 이야기다.

38장

흔들릴 때 돌아오는 중심

아무리 단단한 사람도
흔들린다.

삶은 언제나 예고 없이 방향을 바꾸고,
생각보다 쉽게 균형이 깨진다.

괜찮을 줄 알았던 일에 무너지고,
버틸 수 있을 거라 믿었던 관계에서 흔들린다.

중요한 건
흔들리지 않는 사람이 되는 게 아니라,
흔들릴 때 어디로 돌아올지를 아는 것이다.

우리는 흔들리면
밖을 먼저 본다.

누가 뭐라 했는지,
상황이 얼마나 나쁜지,
앞으로 얼마나 더 버텨야 하는지.

그 시선은
불안을 키운다.

모든 기준이
외부로 밀려나기 때문이다.

중심을 찾는다는 건
상황을 무시하는 게 아니다.

현실을 부정하지 않으면서도
나를 다시 기준점에 놓는 일이다.

이건 낙관도 비관도 아니다.

정렬이다.

중심은 갑자기 생기지 않는다.

평소에 돌아올 자리를 만들어둔 사람만이
위기에서 길을 잃지 않는다.

그 자리는 거창하지 않다.

숨,
걸음,

종이에 적는 한 문장,
지금 가능한 것 하나.

작은 반복이
중심을 만든다.

흔들릴 때 가장 먼저 해야 할 일은
속도를 줄이는 것이다.

결정하려 들지 말고,
판단을 미루고,
몸부터 내려놓는다.

긴장된 신경계 위에서는
어떤 선택도 왜곡된다.

우리는 종종
자기 자신에게 가장 가혹하다.

왜 이 정도도 못 버텨.
또 흔들렸어.

그 말은
회복을 방해한다.

중심으로 돌아오는 길은
채찍이 아니라
지지 위에 만들어진다.

이 장에서 말하고 싶은 건
강해지라는 명령이 아니다.

돌아올 수 있는 구조를 만들라는 제안이다.

무너져도 완전히 흩어지지 않도록,
다시 나를 모을 수 있도록.

중심을 회복하는 질문들이 있다.

지금 당장 내가 통제할 수 있는 건 무엇인가.
이 상황에서 가장 작은 다음 행동은 무엇인가.
이 선택은 나를 더 망가뜨리는가, 아니면 지탱하는가.

그 질문들은
생각을 현재로 돌려놓는다.

우리는 삶에서
여러 번 바닥을 만난다.

그때마다 전부 바꿀 수는 없다.

다만 방향은 조정할 수 있다.

중심으로 돌아온 사람은
극단으로 가지 않는다.

흔들림은 실패가 아니다.

살아 있다는 증거다.

중요한 건
흔들린 뒤 어떤 태도를 취하느냐다.

더 자신을 몰아붙일지,
다시 세울지.

중심을 되찾는다는 건
완벽한 상태로 돌아가는 게 아니다.

조금 덜 무너진 쪽으로 가는 것.

조금 더 숨 쉬는 쪽으로 이동하는 것.

그게 현실적인 회복이다.

39장

삶을 다시 설계하는 순간

어느 순간부터
사람은 버티는 데 능숙해진다.

힘들어도 출근하고,
관계를 유지하고,
하루를 넘긴다.

그건 대단한 일이다.

하지만 오래 지속되면
버티는 삶이 기본값이 된다.

선택이 아니라 관성으로 사는 상태.

삶을 다시 설계한다는 건
전부 버리고 떠나겠다는 선언이 아니다.

직장을 당장
그만두거나,
관계를 끊거나,

도시를 옮기겠다는 결심이 아니다.

대부분의 변화는
조용하게 시작된다.

하루의 구조,
에너지 흐름,
사람과의 거리,
나에게 주는 시간.

그 작은 설계 변경들이
인생의 체질을 바꾼다.

우리는 종종
큰 결단만이 변화를 만든다고 생각한다.

하지만 현실에서 더 강력한 건
매일 반복되는 구조다.

아침을 어떻게 시작하는지,
일 사이에 어떤 호흡을 넣는지,
누구에게 에너지를 쓰는지,
잠들기 전 무엇을 남기는지.

그 축적이

삶의 방향을 정한다.

이 장에서 말하고 싶은 건
지금 당장 멋진 인생을 만들라는 말이 아니다.

다만 지금의 구조가
나를 살리고 있는지 묻자는 것이다.

계속 이렇게 살아도 나는 견딜 수 있을까.

이 질문이
설계의 출발점이다.

삶을 다시 설계한다는 건
자기 자신을 진지하게 대하는 일이다.

소모품처럼 다루지 않고,
무한한 체력을 가진 사람처럼 취급하지 않는 것.

오늘의 나를
미래의 내가 원망하지 않도록.

우리는 많은 경우
자신을 너무 늦게 챙긴다.

몸이 먼저 무너지고,
관계가 터지고,
마음이 바닥을 친 뒤에야 멈춘다.

하지만 설계는
위기에서만 시작할 필요는 없다.

조금 불편한 지금이
가장 좋은 출발점일지도 모른다.

삶을 다시 설계하는 사람은
모든 걸 통제하려 하지 않는다.

대신 영향력을 쓸 수 있는 곳에 집중한다.

일부 일정,
몇몇 관계,
수면,
회복,
내가 나에게 하는 말.

그 영역만 달라져도
삶의 체감은 크게 바뀐다.

우리는 종종

이렇게 말한다.

언젠가 여유가 생기면.

하지만 여유는
미래에서 자동으로 오지 않는다.

구조 속에
의도적으로 넣지 않으면
계속 미뤄진다.

삶을 다시 설계한다는 건
완벽한 인생을 만드는 게 아니다.

다만 덜 무너지도록,
조금 더 숨 쉴 수 있도록,
나를 오래 데리고 가기 위한 선택이다.

이 장의 핵심 문장은 이것이다.

나는 이 삶을
앞으로도 계속 살 수 있는가.

그 질문 앞에서
우리는 처음으로
주체가 된다.

끝이 아니라 시작

책이 끝난다고
삶이 갑자기 달라지지는 않는다.

내일부터 완벽해지고,
더 이상 흔들리지 않고,
모든 선택이 쉬워지는 일은 없다.

그리고 그게 정상이다.

삶은 한 번 읽고 끝나는 설명서가 아니다.

매일 다시 살아야 하는 과정이다.

이 책에서 말해온 모든 것들은
특별한 사람이 되기 위한 기술이 아니었다.

덜 떠안는 법,
선을 긋는 연습,
집중을 회복하는 구조,
자극을 줄이는 선택,

관계를 정리하는 용기,
자기 기준을 세우는 일,
느림을 택하는 태도,
현재로 돌아오는 연습,
중심을 회복하는 방식,
삶을 다시 설계하는 질문들.

전부
하루를 조금 덜 무너지며 살기 위한 장치들이었다.

우리는 앞으로도
다시 흔들릴 것이다.

바쁘게 휩쓸릴 것이고,
남의 기준에 끌려갈 것이고,
무심코 예전 습관으로 돌아갈 것이다.

그건 실패가 아니다.

그건 인간이다.

중요한 건
완벽하게 유지하는 게 아니라
돌아오는 능력이다.

돌아온다는 건
갑자기 모든 걸 고치는 일이 아니다.

숨 한 번 쉬고,
일정을 하나 줄이고,
오늘은 이만하면 됐다고 말해주고,
다시 지금으로 시선을 옮기는 것.

그 작은 복귀가
삶의 방향을 지킨다.

이 책이 끝에서 말하고 싶은 건
딱 하나다.

당신은 고쳐야 할 존재가 아니라,
돌봐야 할 존재라는 것.

더 빨라져야 할 대상도 아니고,
더 증명해야 할 프로젝트도 아니다.

당신은 이미
하루하루를 견디며 살아온 사람이다.

좋은 삶은
남에게 보여주기 위한 모양이 아니라,

자기 자신이 견딜 수 있는 구조다.

아침에 눈을 떴을 때
오늘을 버틸 수 있을 것 같은 느낌.

잠들기 전에
조금은 나를 지켰다고 말할 수 있는 하루.

그 감각이
이 책이 말하는 성공이다.

앞으로 선택의 순간이 올 때마다
이 질문 하나만 기억해도 된다.

이 선택은
나를 조금 더 살게 하는가,
아니면 조금 더 소모시키는가.

그 질문이
당신을 다시 중심으로 데려올 것이다.

삶은 완성되지 않는다.

우리는 계속 조정하고,
계속 배우고,

계속 다시 설계한다.

이 책이 끝나도
당신의 삶은 계속된다.

그리고 그게
가장 중요한 이야기다.

이제 책을 덮는다.

하지만 이 문장들은
어디론가 데려가기 위해 쓰인 게 아니라,
당신이 자기 자리로 돌아오게 하기 위해 쓰였다.

끝은 없다.

다만 오늘이 있고,
내일이 있고,
다시 선택할 기회가 있다.

- 40장 끝.